코트다쥐르는 달콤한 사랑의 향기

코트다쥐르는 달콤한 사랑의 향기

초판 1쇄 찍은 날 | 2014년 9월 10일
초판 1쇄 펴낸 날 | 2014년 9월 20일

지은이 | 히메노 유리
그린이 | 요시자키 야스미
옮긴이 | 윤슬
펴낸이 | 예경원

편집책임 | 박우진
편집 | 오아현

펴낸곳 | 예원북스
등록번호 | 제396-2012-000132호
등록일자 | 2012. 7. 25
YRN | 제5-0001호

주소 | 경기도 고양시 일산동구 무궁화로 8-28 삼성메르헨하우스 712호 (우) 410-837
전화 | 031-819-9431 팩스 | 031-817-9432
http://blog.naver.com/ainandfin
E-mail | ainandfin@naver.com

ISBN 979-11-5630-757-0 03830

※ 이 도서의 국립중앙도서관 출판시도서목록(CIP)은 서지정보유통지원시스템 홈페이지(http://seoji.nl.go.kr)와 국가자료공동목록시스템(http://www.nl.go.kr/kolisnet)에서 이용하실 수 있습니다.

코트다쥐르는 달콤한
사랑의 향기
히메노 유리 글
요시자키 야스미 그림 — 윤슬 옮김

※ 이 이야기는 픽션으로, 이야기에 등장하는 인물 · 단체 · 사건은 현실과는 무관합니다.

* 레이놀즈
레베카의 맞선 상대. 미국인 실업가.
* 오귀스트 뒤누아에
레베카의 아버지.

* 애쉬
레베카를 괴한으로부터 구해준
지나치게 자신만만하고 경박한 남자.
* 레베카 뒤누아에
맞선 보기 싫어서 도망쳐 나온,
세상 물정 모르는 백작가의 영애.
코트다쥐르는 달콤한 사랑의 향기
등장인물소개

0장

떠오르는 것은 늘 그렇듯 똑같은 광경이다.

금빛 새장을 연상시키는 난간이 달린 침대. 흰 시트. 누워 있는 엄마의 파리한 뺨.

남쪽 정원에 면한 선룸(벽과 천장 등을 유리로 만들어 햇볕이 들게 만든 방)은 겨울임에도 무척 따뜻했다.

엄마는 창밖 너머 무언가를 가만히 바라보고 있다.

1930년대도 종반에 이르러 세상은 제2차 세계대전을 맞아 어수선해지기 시작했지만, 그곳만큼은 깊은 고요함이 흐르고 있었다.

"엄마, 뭘 보고 있어요?"

어린 레베카의 질문에 엄마는 엷은 미소를 지으며 대답했다.

"꽃을 보고 있었어. 예쁜 꽃이 피었구나."

"꽃?"

레베카는 고개를 갸우뚱했다.

차고 메마른 정원.

흙이 고스란히 드러난 화단에는 작은 새싹조차 없다.

봄이 되면 아름다운 꽃을 피울 나무들도, 지금은 잎을 떨어뜨리고 잔뜩 흐린 하늘에 앙상한 가지를 기댈 곳 없이 내뻗고 있을 뿐이었다.

"꽃이 어디 있어요?"

엄마의 미소가 깊어졌다.

"그래. 레베카의 눈에는 보이지 않을지도 몰라. 하지만 엄마는 알 수 있단다. 무척 예쁜 꽃이 피어 있어."

"엄마……."

"이리 오렴. 레베카."

내민 엄마의 손이 몹시 희고 가냘프다. 당장에라도 온몸이 흰 시트 속으로 빨려 들어가 사라져 버릴 것만 같다.

무서워진 레베카는 엄마의 손을 잡을 수 없었다.

엄마는 조금 슬픈 표정을 지었지만, 더 이상 아무 말도 하지 않고 레베카에게 작은 유리병을 내밀었다.

"꽃이 보이지 않으면 향기를 줄게. 그럼 레베카도 알 수 있을 거야."

"향기?"

"마개를 열어보렴."

엄마가 시키는 대로 마개를 뽑자 달콤하고 상쾌한 향기가 은은하게 피어올랐다.

"좋은 냄새가 나지?"

"네. 엄마. 정말 좋은 냄새가 나요."

엄마는 작은 병에서 흘러나온 향기를 가슴 가득 들이마신 뒤 눈을 감고 깊게 숨을 내쉬었다.

어린 레베카도 엄마를 따라 심호흡을 하려 한 순간–

갑자기 하늘을 뒤덮고 있던 묵직한 구름이 갈라졌다.

그 틈새로 겨울 햇살이 비껴 들어온다. 하늘에서 시작된 계단이 마치 엄마를 마중 나왔다는 듯 엄마의 머리맡에 살포시 내려앉는다.

엄마가 미소 지었다.

"이건 이 세상에서 엄마가 사랑한 오직 한 사람이 엄마를 위해 만들어준 향수야."

"사랑한 사람?"

"레베카에게 줄게. 언젠가 그 사람에게 이 세상에서 가장 사랑했다고 전해주렴."

가녀린 목소리로 부탁하는 엄마의 눈동자는 아름다운 보랏빛이었다. 엄마의 눈동자에서 배어나온 눈물 한 방울이 관자놀이를 타고 흘러내렸다.

1장

"아가씨."

뒤퐁 부인이 부르는 소리가 들렸다.

"아가씨……. 아가씨. 아가씨!"

네 번째가 되어서야 레베카는 겨우 정신을 차리고 고개를 들었다.

"죄송해요……. 그러니까…… 무슨 일이죠……?"

레베카의 물음에 뒤퐁 부인은 미소 지으며 말했다.

"아가씨. 빵을 더 드시겠습니까?"

순간 뒤퐁 부인의 얼굴에 귀찮은 기색이 비치고 입술에서 들릴 듯 말 듯한 한숨이 새어 나오는 걸 눈치챘지만, 이럴 땐 보고도 못 본 척하는 것이 숙녀의 에티켓인 법.

레베카는 보랏빛 눈동자를 내리깔고 손에 쥔 스푼을 놓았다.

"아니요. 이제 배불러요. 잘 먹었어요."

레베카의 대답에 뒤퐁 부인이 이번에는 인상을 찌푸릴 대로 찌푸렸다.

"이런, 아가씨. 더 드세요. 아침 식사 때도 그렇게 말씀하시곤 조금 드시지 않았습니까."

"하지만 먹고 싶지 않아요."

"남부 프랑스 요리가 입에 맞지 않으십니까?"

"딱히 그런 건 아니지만……."

"그렇다면 뭐가 마음에 들지 않으십니까?"

굳이 말하지 않아도 잘 알고 있을 텐데…….

사흘 전 니스(Nice)에 도착한 뒤로 호텔 방에 갇혀 한 발짝도 밖에 나가지 못했다. 잔소리꾼인 아버지의 지시였지만, 이런 반 감금 상태에서는 답답하기도 하고 운동 부족 탓에 식욕마저 사라졌다.

"아가씨. 이런 태도는 뒤누아에 백작가의 영애로서 적절하지 않습니다."

음식을 절반이나 남긴 접시를 보고 뒤퐁 부인이 그럴듯한 설교를 시작했다.

"백작님이 보시면 뭐라고 말씀하시겠습니까."

순간, 레베카는 아버지가 이곳에 있다면 확실히 보여줬을 눈빛이 떠올라 몸을 부르르 떨었다.

아버지의 눈빛은 날카로운 서릿발 같다. 마주치는 즉시 몸과 마음이 얼어붙고 움츠러들고 덜덜 떨린다.

만약 이 자리에 아버지도 동석했다면 딴 생각을 하느라 뒤퐁 부인의 부름에 대답하지 못한 시점에서 그 눈빛으로 레베카를 쳐다보았을 것이다. 아버지는 전제군주다. 레베카 위에 군림하는 폭군이다. 그 눈빛 하나로 레베카를 지배한다.

그 때문에 대답하는 법, 스푼을 들고 놓는 자세에 이르기까지 하나하나 아버지의 눈치를 살피는 버릇이 생겼다. 아버지의 기분을 상하지 않게 하는 것만으로도 하루하루가 벅찼다.

"그 사람 이야기는 하지 마세요……."

떠올리기 싫다. 떨어져 있는 시간만큼은 아버지의 지배에서 자유로워지고 싶었다.

그러나 아버지의 충실한 하인인 뒤퐁 부인은 그것을 용납하지 않았다.

"바람직하지 않습니다, 아가씨. 백작님을 '그 사람' 이라고 부르시면 안 됩니다."

"하지만……."

"그건 백작님의 명예에 흠집을 내는 행동입니다. 품위를 지키셔야죠."

"……."

"아가씨도 곧 결혼하실 몸이니 언제까지고 마냥 소녀처럼 행동하시면 안 됩니다. 이제부터는 성숙한 여성임을 자각하시고……"

그 이상 듣고 있기가 힘들었다.

"난 결혼 따윈 안 해요!"

"아가씨……"

"그 사람이 멋대로 결정한 일이에요! 어째서 얼굴도 모르는 미국인과 결혼해야 하는 거죠?!"

참다못해 감정적이 되고 말았다. 이것도 아버지가 굉장히 싫어하는 행위 가운데 하나다.

하지만 도저히 평정심을 유지하기가 어려웠다. 자신의 인생이 다른 사람의 손에 철저히 뒤틀리려고 하는 지금, 냉정을 유지할 수 있을 리가 없다.

"레이놀즈님은 대부호라고 합니다. 해운왕이신 조부에게 물려받았다지만, 회사를 직접 일구기도 하고, 젊은 나이임에도 무척 유능하다고……."

레베카의 비위를 맞추려는 듯 뒤퐁 부인이 조심스럽게 말했다.

"키도 크고 훤칠해서 할리우드 영화에 나오는 스타 같다고 소문이 자자합니다."

"그래도 미국인이에요."

레베카는 절망적인 마음에 입술을 깨물었다.

"미국인은 천박하고, 야만적이고, 무례하다고들 하잖아요. 나보고 그런 남자의 아내가 되라는 건가요?"

아마 뒤퐁 부인도 미국인에 대해 똑같은 인상을 가지고 있을 것이다. 그 증거로 레베카가 반박하자마자 말을 얼버무렸다.

"그게, 그러니까… 그렇게 말씀하시는 분도 있지만……."

레베카가 태어나고 자란 곳은 유럽 북부에 있는 작은 왕국이다.

아름다운 산의 풍경과 고원의 상쾌한 바람을 찾아 피서를 즐기는 외국인이 많지만, 같은 유럽에서 온 관광객이 대부분이다. 미국인이 찾아오는 일은 드물어서 레베카는 미국인을 본 적이 한 번도 없다.

이것은 뒤퐁 부인도 마찬가지일 것이다.

미국인에 대해 알고 있는 것은 소문뿐, 그것도 나쁜 소문들이다.

"그렇다고 해서 소문으로 판단하는 건 좋지 않습니다."

마음을 가다듬고 뒤퐁 부인이 말했다.

"미국인 중에서도 천박하지도 야만적이지도 않고, 예의 바른 사람이 있을 겁니다. 백작님이 고르신 분입니다. 레이놀즈님은 틀림없이 멋진 분일 겁니다."

왜 그런 말을 하는 거지? 무슨 근거로? 그렇지 않을 때는 어떻게 해야 하지? 천박하고 야만적이고 무례한 남자의 아내가 된다면 내 인생은 암흑이라고!

그 찰나에 되받아치려고 했던 말이 머릿속에서 폭풍처럼 휘몰아쳤지만, 결국 레베카는 어느 것 하나도 입 밖에 내지 못하고 삼켰다.

그 말에 뒤퐁 부인이 뭐라고 대꾸할지 짐작이 갔기 때문이다.

분명 뒤퐁 부인은 만면에 미소를 머금고 '그것도 신의 뜻입니다' 라고 말할 것이다.

"인간은 시련을 극복하며 성장하는 존재입니다. 신은 아가씨가 현재보다 훨씬 훌륭한 숙녀가 되라고 특별히 시련을 주신 것입니다. 아가씨는 이런 기회를 주신 신께 감사드려야 합니다."

'아아, 싫엇!'

그 순간 뒤퐁 부인의 목소리가 실제로 들리는 듯한 착각에 레베카는 몸을 부르르 떨었다.

정숙하고 신앙심 깊은 뒤퐁 부인. 언제나 조신하고 싸우지 않고 다투지 않고, 대개는 거역하지 않는다.

아마도 레베카의 아버지인 뒤누아에 백작은 뒤퐁 부인의 그런 점이 맘에 들어서 그녀를 레베카의 가정교사로 삼았을 것이다.

아직까지 19세기 세상에서 살아가는 듯한 아버지의 관점에서 보면 그녀는 최고의 인재일지도 모른다. 하지만 요즘 시대에 그런 고리타분한 설교를 새겨듣는 젊은 처녀가 대체 어디 있다고.

20세기도 절반으로 향해 가는 이 시대에!!

'게다가 시련이라면 이미 충분히 받았어…….'

레베카는 문득 슬픔이 밀려와 입술을 깨물었다.

엄마의 모습이 떠오른다.

침대에 누워 있는 엄마의 뺨은 머리맡에 장식된 흰 장미꽃잎보다도 새하얗게 보였다. 언제나 레베카를 다정하게 안아주던 팔은 마른 나무처럼 앙상했고, 보라색 입술에서 흘러나오던 숨은 희미했다…….

어린 레베카도 엄마의 상태가 심상치 않다는 건 잘 알고 있었다.

그래서 부탁했는데, 매일 그토록 신에게 '엄마를 살려주세요' 라고 기도했는데, 결국 엄마가 그 아름다운 보랏빛 눈동자를 뜨는 일은 두 번 다시 없었다.

기도를 들어는 주지만 응답하지 않는다.

그것이 신이라는 존재였다.

레베카는 엄격한 아버지 앞에서는 독실한 척하고 있지만, 기도해 본들 기적 따윈 일어나지 않는다는 걸 알아버렸다.

그 뒤로 신을 어떻게 섬겨야 할지 아직도 답을 찾지 못했다.

그래도 신은 '이렇게 해라, 저렇게 해라' 라고 명령하지 않아서 편했다.

뒤누아에 백작은 신보다 더더욱 대하기 어려웠다.

왜냐하면…….

"그 사람은 나를 조금도 사랑하지 않아요."

레베카가 그렇게 말하자 뒤퐁 부인의 안색이 별안간 바뀌었다.

"그렇게 말씀하시면 안 됩니다."

"어째서죠? 사실이잖아요?"

유럽 외딴 곳에 자리한 작은 나라라고는 하나, 뒤누아에 가문은 몇 대나 이어져 내려온 명문가다. 그런 가문의 장남으로 태어난 아버지가 극히 엄격하고 보수적이며, 그것을 가족에게까지 강요하는 것은 어느 정도 당연할지도 모른다. 그 점은 백번이고 기꺼이 양보할 수 있었다.

하지만 엄마에 대한 처사만큼은 도무지 용서가 안 된다.

레베카는 아름답고 자상한 엄마를 사랑했다. 다신 엄마를 볼 수 없다는 사실이 믿기 어려워서 매일 울었다.

그런데도 아버지는 레베카의 눈물이 채 마르기도 전에 새 아내를 맞아 바로 남동생을 낳았다.

백작인 아버지에게 백작 부인과, 뒤를 이을 아들이 반드시 필요하다는 건 레베카도 이해한다.

하지만 조금 더 기다려 주었더라면 좋았을걸. 적어도 레베카의 눈물이 마를 때까지 레베카를 다독이며 함께 슬퍼해 주었더라면 아버지를 지금보다 훨씬 좋아했을 텐데.

'아버님은 엄마를 사랑하지 않았어.'

이제 레베카는 확신하고 있다.

아버지는 엄마를 사랑하지 않았다. 그래서 사랑하지도 않은 아내가 낳은 레베카를 눈엣가시로 여기는 것이다.

"그 사람은 내가 걸림돌이에요. 자기 눈에 띄지 않는 곳으로 가길 바란다고요. 하기는, 미국인과 결혼시키는 건 탁월한 생각이에요. 집에서도 쫓아낼 수 있고, 내가 미국에 가버리면 우연히라도 마주칠 일도 없겠죠."

이 말을 끝으로 레베카는 입을 굳게 닫았다.

뒤퐁 부인은 할 말이 남았다는 듯 레베카를 바라보았지만, 결국 단념한 건지 룸서비스 접시를 치우는 메이드를 부르러 가기 위해 일어섰다.

레베카는 괴로운 마음에 창가에 서서 멍하니 바깥 경치를 보았다.

창밖에는 니스의 빼어난 풍경이 펼쳐져 있다.

푸른 바다, 눈부신 하늘. 완만한 곡선을 그리는 해안선과 해안선을 따라 늘어선 파스텔 톤 건물이 사랑스럽고 아름답다.

하지만 왠지 모르게 낯설다. 바로 눈앞에 있는데도 아득히 멀어서 예쁜 그림엽서를 보는 것 같다.

한숨을 쉬는 사이에 방이 정리되고, 뒤퐁 부인이 소파에 앉는 기척이 들렸다.

레베카가 니스에 온 이유는 아버지가 고른 결혼 상대를 만나기 위해서다.

원래 아버지도 함께 올 예정이었지만, 급한 용무로 뒤처지게 되자 그동안 아버지 대신에 감시자로 선택된 사람이 뒤퐁 부인이었다.

레베카는 좋게 말하자면 이 결혼에 소극적이었기 때문에 아버지로서는 당연한 조치였을 것이다.

각국의 왕후 귀족 전용인 이 호텔 객실은 밝고 바다가 보이는 큰 방 두 개와, 창이 없는 작은 방 한 개로 이루어져 있다.

넓고 호화로운 방은 주인을 위한 공간이고, 그다음으로 넓은 방은 가족실, 그리고 가장 좁은 방은 고용인을 위한 대기실이다.

뒤퐁 부인은 고용인 방에 자리 잡고 레베카를 지킨다. 레베카가 조금이라도 이상한 낌새를 보이면 재빨리 대응할 수 있도록 귀를 쫑긋 세우고 있다.

그 탓에 숨 돌릴 틈도 없다.

뒤퐁 부인은 레베카가 어렸을 때부터 가정교사로 있으면

서 주로 예의범절과 읽고 쓰는 법을 가르쳤다.

레베카는 뒤퐁 부인이 특별히 싫은 건 아니지만, 사실 학교에 가고 싶었다.

하지만 아버지는 레베카가 학교에 다니는 것을 허락하지 않고 전통 방식—즉, 자택에서 가정교사가 가르치는 교육 방식을 택했다.

봉건적인 아버지는 '여자는 학교에 갈 필요가 없다' 라고 진심으로 믿고 있는 게 분명하다. 제2차 세계대전이 끝난 뒤 여성의 사회 진출이 눈에 띄게 활발해졌는데, 얼토당토않은 남존여비 사상이다.

"하여간 그 사람답다니까……"

생각이 무심코 입 밖으로 튀어나왔다.

뒤퐁 부인이 들었다면 또 설교를 늘어놓았겠지.

오들오들 떨면서 뒤를 돌아보니 뒤퐁 부인은 소파 팔걸이에 기대 꾸벅꾸벅 졸고 있다.

마음이 놓이는 동시에 어떤 생각이 머릿속에서 번뜩였다.

뒤퐁 부인은 점심 식사 뒤 자주 낮잠을 청하곤 했다. 숙녀라면 삼가야 할 행동이지만, 레베카는 평소 눈감아 주었다.

누구나 식사 후에는 졸리게 마련이고, 더욱이 뒤퐁 부인은 이제 나이가 들었다. 낮잠을 자지 않으면 몸이 버텨내지 못하리라.

덤으로 뒤퐁 부인이 낮잠을 자는 동안은 레베카도 쉴 수 있었다. 다른 사람을 의식하지 않고 편하게 쉴 수 있는 순간은 뒤누아에가에 사는 이들에게 황금 같은 시간이다.

레베카는 뒤퐁 부인의 상태를 살피며 살금살금 창가에서 벗어나 옷장 문을 열었다.

그렇게 작은 소리도 내지 않도록 주의하면서 옷장에서 여행 가방을 꺼내 그 안에 필요한 물건을 손에 잡히는 대로 담았다.

다시 오지 않을 절호의 기회다.

내일이 되면 아버지도 용무를 마치고 니스에 온다.

아버지가 오면 지금 이상으로 속박당할 게 뻔하다. 레베카가 결혼하기 싫다고 아무리 울면서 거부해도, 아버지는 자신이 선택한 얼굴도 모르는 상대와 억지로 결혼시키겠지.

'서두르자.'

레베카는 스스로를 재촉하면서 황급히 짐을 쌌다.

'뒤퐁 부인이 눈치채기 전에 이곳에서 도망치는 거야.'

이렇게 긴장한 적은 난생처음이다.

심장박동 소리가 온 방에 울려 퍼질 듯한 기세로 쿵쾅거린다. 목이 마르다. 숨이 가빠진다. 손도 발도 부들부들 떨리는데…….

'하지만 이건 꿈도 희망도 있는 멋진 긴장감이야.'

지금 레베카는 태어나서 처음으로 아버지를 거스르려 하고 있다.

횡포를 부리는 아버지의 곁을 떠나 자유로워진다.

이 얼마나 가슴 뛰는 유혹인가—!

레베카는 여행 가방을 들고 고양이 걸음으로 조심스럽게 방 출구로 향했다.

뒤퐁 부인이 언제 깰지 몰라 초조했지만, 어제는 점심 식사 후에도 방심하지 않고 레베카를 지켜보던 뒤퐁 부인도 오랜 여행과 낯선 장소에서 감시를 하려니 피곤이 쌓였나 보다. 결국 깊은 잠에 빠져 코까지 골기 시작했다.

레베카는 주의 깊게 도어체인을 풀고 방문을 살짝 열었다.

가는 틈새로 미끄러지듯 방을 빠져나가는 사이에도 세심하게 살폈지만, 뒤퐁 부인은 단잠에 취해 일어나지 않았다.

레베카는 기도하는 마음으로 문을 닫고 곧장 계단으로 향했다. 홀에서 엘리베이터를 기다리기도 초조했다. 뒤퐁 부인이 쫓아올 것만 같아서 뒤돌아보기가 겁났다.

간신히 그랜드 로비까지 내려와 허겁지겁 호텔 로비를 가로질러 출구로 향했다. 얼굴을 가리고 종종걸음으로 걷는 모습이 매우 수상쩍었지만, 지금 레베카에게는 그런 것까지 신경 쓸 여유가 없다.

'얼마 안 남았어.'

조금만 더 가면 탈출 성공이다.

조급한 마음을 억누르고 밖에 나온 순간, 눈부신 햇빛과 반짝이는 산들바람이 레베카를 순식간에 에워쌌다.

레베카는 저도 모르게 발걸음을 멈췄다.

이것이 코트다쥐르! 이것이 진정한 니스!

'하늘도 바다도 거리도 사람도, 어쩌면 이렇게 찬란하게 빛날까!!'

한순간 빛나는 화살이 몸을 뚫고 지나가는 기분이 들었다. 하늘과 바다를 가득 채운 쪽빛이 손끝까지 물들어 머릿속이 맑게 개었다.

방 안에서 내려다볼 때는 서먹서먹한 풍경이었다. 그림엽서에 그려진 그림처럼 죽어 있는 세계라고 생각했다.

그런데 지금은 어떤가? 레베카가 발을 내디딘 순간, 그것이 신호였다는 듯 깨어나 다시 숨을 쉬고 싱그럽게 빛나고 있다.

어쩌면 그림엽서 속 세계에 있었던 건 레베카였을지도 모른다.

하지만 지금은 이렇게 새로운 세계에서 새 생명을 얻었다. 그런 기분이다.

그 이유가…….

'나는 해방됐어!'

그 엄격하고 보수적인, 횡포에 가까운 아버지의 지배에

서 벗어났다!!

엄청난 일을 해낸 기분이었다.

태어나서 처음으로 맛보는 색다른 성취감.

지금 기분이라면 뭐든지 해낼 수 있을 것 같다. 전능한 신이라도 된 기분이다.

레베카는 노래라도 부르고 싶은 심정으로, 방금 전까지는 호텔 방에서 내려다볼 수밖에 없었던 해변가의 산책로를 따라 걷기 시작했다.

이 산책로의 이름은 프롬나드 데 장글레(영국인의 산책로)이다. 백 년도 더 전에 영국인이 만들었기 때문에 그렇게 부른다고 한다.

코트다쥐르.

남부 프랑스에서도 가장 이탈리아에 가까운 이 지역은 일 년 내내 온화해서 살기 좋은 곳이라고 한다.

특히 니스는 옛날부터 왕후 귀족 등 부유한 사람들의 휴양지로 유명하다.

지금은 본격적인 관광 시즌이 막 시작된 참이라 산책로에서 일광욕을 하는 관광객이 적지만, 머지않아 여름이 오면 눈앞의 해변은 바캉스를 즐기는 사람들도 넘쳐날 것이다.

뒤퐁 부인이 슬슬 알아챘을까? 레베카가 도망쳤다는 사실을 알고 놀라고 있을 시간인가?

텅 빈 호텔 방을 보고 뒤퐁 부인은 어떻게 할까?

비명을 지를까? 아니면 졸도할까?

'뒤퐁 부인이라면 그러고도 남아.'

레베카는 치밀어 오르는 웃음을 감추지 못하고 쿡쿡 웃으면서 주위를 둘러보았다.

'여긴 어디쯤일까?'

뛰쳐나온 여세를 몰아 무작정 여기까지 왔지만, 다소 섣부른 행동이었을지도 모른다.

니스 역에 가야 한다. 그곳에서 그라스(Grasse)에 갈 방법을 찾을 생각이었다.

레베카에게는 목적이 있었다. 아버지에게는 반드시 비밀로 해야 할 목적이.

만약 아버지가 고른 결혼 상대인 레이놀즈 씨가 공교롭게도 니스에서 만나자고 하지 않았더라면, 그리고 니스에서 그라스까지 반나절 안에 갈 수 있는 거리가 아니었더라면, 레베카도 이런 무모한 가출은 꿈도 꾸지 못했을 것이다.

아무리 간절히 바란대도 아버지에게서 도망친 뒤, 게다가 코트다쥐르까지 혼자서 오랜 여행을 하는 건 실현 불가능한 일이다.

이것은 하늘이 주신 기회다. 이 기회를 놓치면 영영 자유를 구속당할지 모른다.

막상 상황이 이렇게 되자 아버지가 급한 용무로 레베카와 동행하지 못한 것도, 뒤퐁 부인이 낮잠을 자는 습관이 있는 것도, 모든 게 신의 뜻인 것만 같았다. 신이 뒤퐁 부인이 아닌 레베카에게 '그라스에 가라' 라고 계시를 내린 것이다. 그게 아니라면 이런 우연이 잇달아 찾아올 리가 없다.

'괜찮아. 할 수 있어'

레베카는 여행 가방 속에 소중히 넣어둔 물건을 마음에 그려본다.

이것은 엄마와 한 마지막 약속.

무슨 일이 있어도 지켜야 한다.

일찍 신의 곁으로 떠난 엄마의 바람을 이룰 수 있는 것은 이제 친딸인 레베카뿐이다.

레베카는 다짐을 굳게 되새기며 사흘 전 니스에 왔을 때의 일을 떠올렸다.

니스는 처음이다. 수중에 지도도 없고, 이곳 지리도 전혀 모른다.

하지만 레베카가 태어난 나라의 공용어가 프랑스어인 데다 영어와 독일어도 가능하다. 언어는 불안하지 않다.

게다가 니스 역에서 호텔로 이동할 때 완만한 언덕을 내려가는 느낌이 들었다. 거리는 그리 멀지 않았다. 차로 오 분 정도 걸리려나?

그렇다면 역은 바다와 반대 방향에 있다. 오른쪽에 펼쳐진 바다와 마주한 시가지로 들어가 산을 향해 똑바로 걸으면 역으로 가는 길이 나올 것이다.

레베카는 부푼 가슴을 안고 산책로 옆 큰길을 건너서 건물 사이에 난 골목으로 들어갔다.

시가지로 한걸음 내디디자 탁 트인 해안과는 전혀 다른 광경이 펼쳐졌다.

차 한 대가 겨우 지나갈 정도로 좁은 골목길 양 옆으로 높은 석조 건물이 빽빽이 늘어서 있다.

파란 하늘은 아무리 목을 길게 빼고 올려다봐도 손바닥만 하다. 깊은 골짜기 같은 샛길에는 햇빛도 닿지 않는데 공기가 반짝거린다. 니스는 구석구석까지 빛으로 둘러싸인 거리인 것이다.

'니스는 정말 멋진 곳이야.'

니스에서 휴가를 보내고 싶어 하는 사람들의 마음이 이해가 갔다.

니스라는 거리에 있는 것만으로도 몸과 마음이 빛의 입자로 가득 채워지는 기분이다. 들뜨고 설레서 자신까지 반짝반짝 빛나는 것 같다.

레베카는 기분이 날아갈 듯 좋아져서 삶의 흔적이 오롯이 배어 있는 오래된 거리를 발길 닿는 대로 걸었다.

좁은 대로에는 서로 경쟁하듯 잡화를 파는 상점이 즐비

하다.

예쁜 손바구니에서 허브 양초, 다양한 향의 마르세유(Marseille) 비누, 남부 프랑스산 원단, 설탕에 절인 과일, 초콜릿까지 모든 가게가 놀랄 만큼 다채로운 색을 뽐내는 덕에 구경하며 걷기만 해도 전혀 지겹지 않았다.

어느 것이나 신선하고 윤기가 흘러서 먹음직스러워 보인다.

문득 배가 고파졌다. 니스에 도착한 뒤로는, 아니, 결혼 이야기를 들은 뒤로는 내내 식욕이 없었는데.

'나란 사람 참 간사하네.'

레베카는 쓴웃음을 지으며 손수레에서 토마토 한 개를 샀다.

토마토를 한입 베어 무니 상큼한 신맛이 입안에 퍼진다.

"맛있어……!"

반짝이는 햇살을 듬뿍 받고 자란 토마토는 예상대로 반짝이는 맛이 났다.

레베카는 태양의 맛을 간직한 토마토를 먹으며 시장을 빠져나갔다.

걸으면서 음식을 먹는 건 난생처음이다. 아버지가 무척 싫어하는, 예의에서 벗어난 행동이 이렇게 즐거울 줄 몰랐다.

시장이 있는 광장을 통과하자 다시 길이 좁아지고 다른

큰길이 나타났다.

이번에는 옷과 신발 등, 패션에 관련된 가게가 많다. 밝고 화려한 색채에 대담한 디자인. 이곳 역시 휴양지다운 자유로움이 넘실거린다.

레베카는 한 가게 앞에서 문득 발걸음을 멈췄다.

쇼윈도 너머로 전위예술품 같은 토르소에 사랑스러운 핑크 원피스가 걸려 있다.

바닥에 펼치면 넓은 치맛자락이 둥근 원을 그릴 정도로 주름이 풍성하게 잡혀 있는 스커트, 그와 반대로 같은 소재의 리본이 잘록한 허리를 강조한다.

최근 멋을 아는 여성들 사이에서 한창 유행하는 스타일이다.

레베카도 잡지에서 읽어서 그 정도는 알고 있다.

더욱이 색상도 올해 유행하는 핑크색이다. 화사하지만, 지나치게 화려하지 않고 갓 피기 시작한 장미 봉오리 같이 맑았다.

레베카는 무심코 환호성을 질렀다.

"멋져……!"

어쩜 이렇게 화사하고 사랑스러울까.

'이런 드레스를 입어보고 싶어……!'

상상 속의 레베카는 이미 이 드레스를 몸에 걸치고 있다.

예쁜 핑크. 걸을 때마다 나풀거리는 치맛자락. 가슴이 너무 깊게 파인 건 아닐까? 하지만 성인이니까 이 정도는 괜찮겠지.

가슴이 콩닥거린다.

멋진 드레스란 참으로 신기하다. 보는 것만으로도 즐거워지다니.

레베카는 넋을 잃고 사랑스러운 핑크 원피스를 바라보다가 쇼윈도 유리에 비친 자신의 모습을 발견하고는 정신을 차렸다.

레베카가 지금 입고 있는 옷은 답답한 칼라가 달린 장식 없는 수수한 원피스에 역시 밋밋하고 칼라 없는 볼레로. 검은 단화를 신고 긴 금발을 하나로 땋은 모습이 너무도 촌스럽다. '대체 언제 적 사람이야?' 라고 스스로에게 묻고 싶을 정도다.

멋이나 유행과 거리가 먼 옷차림에 레베카의 취향은 조금도 반영되어 있지 않다. 머리부터 발끝까지 아버지 뒤누아에 백작의 뜻에 따른 것이다.

검소와 청렴을 사랑하는 아버지는 레베카에게 그것을 강요했다.

물론 분에 넘친 사치는 좋지 않다. 레베카도 그 정도 분별력은 있다.

그렇다고 하더라도 드레스와 구두, 손수건 한 장에 이르기까지 아버지의 진부한 취향에 맞춰야 한다니, 이건 시대에 뒤떨어져도 한참 뒤떨어졌다.

레베카는 쇼윈도 안의 토르소가 아니라 유리에 비친 자신의 모습을 보기 위해 다시 쇼윈도를 들여다보았다.

소매를 봉긋하게 부풀리고, 치마에 잔주름을 잡아 살짝 풍성하게 만들면 이 드레스도 조금 더 귀여워지겠지?

그리고 머리 모양. 세 갈래로 땋지 않고 풀어서 길게 늘어뜨리면 어떨까? 리본으로 묶으면 지금보다 세련돼 보이지 않을까?

아니면 차라리 짧게 자를까? 요즘 목이 드러나는 짧은 머리가 유행이다. 일전에 개봉한 화제의 영화에서도 여주인공의 머리가 짧았다.

'나도 숏커트가 어울릴까?'

이런저런 상상에 빠져 있는데 난데없이 누가 뒤에서 부딪혔다.

"꺄……!"

레베카는 작게 비명을 지르며 돌바닥 위로 넘어졌다.

우연히? 아니다. 일부러, 누군가 고의로 레베카를 밀었다.

'왜?'

당황하며 고개를 들어보니 낯선 남자가 레베카의 여행가방을 안고 도망가려는 찰나인데…….

'혹시 도둑?'

레베카는 비명을 지르려고 했다. '누가 잡아줘요! 도둑이에요!' 라며 큰소리로 도움을 요청하려고 했다.

그런데 웬일인지 목소리가 나오지 않는다. 그저 돌바닥 위에 주저앉아 떨고 있을 뿐이었다.

어떻게 하지? 가만있으면 도둑맞고 만다. 그 여행 가방 속에는 매우 소중한 물건이 들어 있는데 그걸 잃어버리면…….

'어떻게 해야 하지?!'

어찌할 바를 모르고 도망가는 남자의 뒷모습을 멍하니 바라보는 레베카의 등 뒤에서 갑자기 낯선 이가 달려와 레베카를 지나쳐 갔다.

그 누군가는 순식간에 도둑에 가까워졌다.

빠르다. 정말 빠르다. 올림픽 선수 같다. 지나가는 사람들을 이리저리 피하면서 좁은 골목길 사이를 빠져나갔다.

눈 깜짝할 새에 도둑을 따라잡은 낯선 이는 도둑의 목덜미를 붙잡아 능숙한 어퍼컷으로 녹다운시켰다. 그리고 레베카의 여행 가방을 들고 천천히 이쪽으로 돌아왔다.

"자, 이거 네 거지?"

레베카는 돌바닥 위에 웅크린 채로 오들오들 떨면서 고개를 끄덕이고는 여행 가방을 양손으로 받아 감싸 안았다.

"다행이야……."

되찾아서 다행이다. 이 안에는 엄마와의 소중한 추억이

들어 있다. 그것을 영원히 잃어버릴 뻔했다. 상상만 해도 아찔하다.

"일어날 수 있겠어?"

친절한 남자가 덩치만큼 커다란 손을 내밀었다.

레베카는 수줍어하며 그 사람의 손을 잡고 일어섰다.

"다치진 않았고? 걸을 수 있겠어?"

"괜찮아요."

날치기를 당한 것은 말할 것도 없이 처음이라 너무 놀라 주저앉을 것만 같다. 다리에 힘이 들어가지 않지만, 일단 다치거나 접질린 곳은 없는 듯했다.

레베카가 미소 짓자 친절한 사람도 따라 웃었다.

그 웃는 얼굴을 보고 레베카의 가슴 깊은 곳에서 무언가가 조그맣게 소리를 냈다.

그 친절한 사람은 젊은 남자였다.

레베카보다 몇 살 연상인 듯 보이지만 그래도 아직 이십 대일 것이다. 서른을 넘긴 것 같진 않다.

키는 레베카보다 머리 하나 정도 컸다. 날씬하지만 어깨가 넓고 근육질이었다. 균형 잡힌 몸을 보면 올림픽 선수처럼 빠르게 달린 것도 이해가 갔다.

머리칼은 옅은 갈색이다. 머리칼과 똑같은 색의 눈동자는 맑고 투명하다.

무엇보다 웃는 얼굴이 매력적이다. 뚜렷한 이목구비는

차가워 보이기 쉬운데 그의 미소는 어딘지 모르게 따뜻하고 상냥하다.

'멋져…….'

마치 동화 속 왕자님 같았다.

그런데 그의 복장이 시야에 들어온 순간, 레베카는 살짝 눈살을 찌푸렸다.

그는 몸에 딱 붙는 깃 없는 셔츠와 두꺼운 남색 바지를 입고 있었다.

이 복장은…….

'티셔츠에 블루진…….'

둘 다 유래를 따지면 미국에서 노동자가 입는 작업복이었다. 튼튼하고 질기다는 장점 때문에 제2차 세계대전 중에 미군이 군복으로 도입했고, 전쟁이 끝난 뒤에는 유럽에서도 일부 사람들 사이에서 패션으로 자리 잡았다고 한다.

그 일부 사람들이란 한마디로 불량배. 전에 본 영화에서도 불량스러운 패거리가 블루진을 입고 있었다.

그렇다는 건…….

'이 사람, 불량배야…….'

레베카는 여행 가방을 꼭 끌어안고 슬며시 뒤로 물러났다.

좋은 사람처럼 보이나 이 사람도 실은 나쁜 사람일 수도 있다. 레베카의 여행 가방을 되찾아준 것도 어쩌면 다른 꿍

꿍이가 있어서일지도 모른다.

'안 돼. 상대하면 안 돼.'

뭐라고 말을 걸기 전에 빨리 도망쳐야 해.

"저기…… 저는 이만 가볼게요."

억지웃음을 보이며 발길을 되돌리려는데 그보다 빨리 손목을 붙들렸다.

"이봐. 잠깐만."

깜짝 놀라 뿌리치려 했지만 남자의 힘은 강했다.

"노, 놓아 주세요……."

오들오들 떨면서 부탁하자 남자는 잘생긴 얼굴로 짓궂게 웃으며 레베카에게 물었다.

"그거 누가 찾아줬더라?"

'그것' 이란 물론 레베카의 가방을 가리키는 것이다.

레베카가 머뭇머뭇 대답했다.

"저…… 그쪽인데요……."

"그렇다면 사례 정도는 하는 게 옳지 않을까?"

"사례……?"

사례라니, 혹시 돈을 말하는 건가?

'역시 불량배였어.'

이 남자는 그냥 친절한 사람이 아니었던 것이다. 레베카의 여행 가방을 되찾아준 것도 사례가 목적이었다.

결과적으로 소중한 물건이 무사한 건 고마운 일이지만,

어쩐지 한없이 실망스러운 기분이 들었다.

'잠깐이지만 멋진 사람이라고 생각했던 내가 바보지.'

레베카는 굳은 표정으로 남자의 갈색 눈을 노려보며 쏘아붙이듯 말했다.

"사례로 얼마나 드리면 되죠?"

"얼마라니, 돈 말이야?"

남자의 짓궂은 표정이 웃음으로 일그러진다.

"사례 이퀄 돈이라는 건가? 제법 도도한 아가씨군. 혹시 뭐든지 돈으로 해결할 수 있다고 생각하나?"

"그런 게 아니에요!"

"미안하지만, 당신 같은 아가씨에게 푼돈을 뜯어야 할 정도로 가난하진 않아."

노골적으로 무시하는 말투에 화가 울컥 치밀었다. 가는 말이 고와야 오는 말이 곱다고 엉겁결에 심한 말이 튀어나왔다.

"돈이라면 얼마든지 있어요. 거짓말 아니에요. 엄마에게 정식으로 물려받은 유산이라고요."

엄마는 레베카가 성인이 되면 상속받도록 유산을 남겼다. 항상 어디에 썼는지 아버지에게 일일이 보고해야 하지만, 아버지와 결별한 지금 어머니의 유산을 어디에 쓰든 그것은 레베카의 자유인 셈이다.

"하지만 네가 번 돈은 아니지."

"그건… 그렇지만……."

"이봐, 스스로 돈을 벌어본 적은 있어? 사례는 네 손으로 직접 번 돈으로 해."

레베카는 지금까지 한 번도 일한 적이 없다. 그러나 그것은 아버지가 허락하지 않았기 때문이다. 학교에 가는 것조차 허락하지 않는 아버지가 일하는 걸 용납할 리 없지 않은가.

"무슨 상관이에요!!"

레베카는 소리 지르며 있는 힘껏 남자의 팔을 뿌리쳤다. 레베카의 기세가 엄청났던지 이번에는 남자도 레베카의 팔을 놔주었다.

'이상한 남자야!!'

지금까지 레베카에게 이런 무례를 범한 사람은 없었다.

레베카는 남자를 매섭게 노려본 다음, 이번에야말로 발길을 돌려 길을 걷기 시작했다.

처음 맛보는 자유에 뛸 듯이 기뻤었다.

'그래. 난 꼭 해야 할 일이 있어.'

엄마와의 약속을 이뤄야 한다는 사명이.

니스가 아무리 멋있는 곳이라 해도 이런 곳에서 여유를 부릴 때가 아니었다.

한시라도 빨리 니스 역을 찾아 그라스에 가야 한다.

날치기를 경계하듯 여행 가방을 가슴에 꼭 안고 걷기 시작한 레베카의 귀에 누군가 따라오는 발소리가 들렸다.

그 발소리는 레베카가 멈추면 멈추고, 걸으면 다시 들리기 시작했다.

무심코 뒤돌아보니, 그곳에는 생긋 웃는 갈색 눈동자가 있었다.

"여어, 또 만났네."

"~~~~~!"

태평한 얼굴을 하고 잘도 '또 만났네' 라고 인사하다니.

'일부러 뒤따라온 주제에.'

이런 부류는 상대하면 안 된다. 무시하는 게 상책이다.

레베카는 고개를 홱 돌려 아까보다 빠른 속도로 걷기 시작했지만, 젊은 남자가 이번에는 금세 따라와 당당하게 레베카와 어깨를 나란히 했다.

"뭐야, 무시할 필요 없잖아. 쌀쌀맞긴."

"……."

"나는 애쉬. 너는?"

"……."

'되게 시끄럽네!'

레베카는 애쉬라고 통성명하는 남자를 보며 매몰차게 쏘아붙였다.

"따라오지 말아요!"

그러나 젊은 남자는 전혀 물러서지 않았다.

"어쩔 수 없잖아. 나도 이쪽으로 가야 하는걸."
"그럼 나는 저기로 돌아갈게요. 안녕히 가세요."
"이런 우연이 있나. 나도 그쪽으로 갈 참이었어."
참 핑계도 가지가지다.
'어쩜 이렇게 끈질길까.'
도대체 목적이 뭐지? 날치기로부터 가방을 되찾아준 사례는 필요 없다고 해놓고 이런 식으로 얽히는 이유를 모르겠다.
"그만해요! 경찰을……."
—부르겠어요!!
말하려다 말고 레베카는 입을 다문다.
만약 뒤퐁 부인이 경찰에 실종신고를 했다면, 경찰을 불렀다가 난처해지는 쪽은 레베카일 테니 말이다.
레베카의 사정을 알 리 없는 애쉬는 능글맞게 웃으면서 큰소리쳤다.
"경찰 따윈 얼마든지 부르라고. 나는 켕기는 구석이 요만큼도 없으니까 말이야."
레베카는 그런 애쉬를 원망하듯 눈을 치켜뜨고 올려다본 뒤 다시 걷기 시작했다.
이렇게 된 이상 빨리 역에 가는 게 최선이다. 제아무리 끈질긴 남자라도 열차 안까지 따라오지는 않겠지.
레베카는 이번에야말로 진지하게 역을 찾으려고 주위를

둘러보았다.

하지만 근방에는 역 비슷한 건물도 없거니와 간판 하나 보이지 않는다.

형형색색의 잡화와 예쁜 옷에 이끌려 골목길에서 골목길로 이동해 왔는데 여기는 어디쯤일까?

정신을 차려보니 방향감각까지 이상해져서 어느 쪽이 바다고 어느 쪽이 산인지조차 잊어버렸다.

잔잔한 파도 소리도 복잡하게 뒤얽힌 골목 안까지는 닿지 않는다. 올려다본 하늘은 아득히 멀어 간신히 눈에 들어올 뿐이었다.

'어쩌지? 길을 잃어버렸어.'

가슴속에서 서서히 초조함이 밀려왔다.

필시 여기는 니스의 구시가지일 것이다. 유럽은 중세부터 내려온 거리가 곳곳에 있는데 그런 오래된 거리는 미로처럼 복잡해서 지도를 소지하지 않은 여행객은 반드시 길을 잃는다.

이곳에서 빠져나가기란 그렇게 쉽지 않은 일인 것이다.

그렇다고 해서 옆에서 뭐가 그렇게 재미있는지 생글생글 웃고 있는 남자에게 물어보기도 왠지 아니꼽다.

레베카는 어쩔 수 없이 감에 의지해 걷기 시작했다. 어쨌든 계속 직진하면 최소한 구시가지에서는 벗어날 수 있을 테니까.

하지만…….

"어랏? 이 교차로 아까 건너지 않았나?"

옆에서 뻔뻔한 남자가 불쑥 끼어들었다.

"너, 길 잃어버렸지? 가는 곳을 가르쳐 주면 길 안내할 텐데……."

"내가 왜 그쪽 같은 사람에게……."

"그거 알아? 이곳에선 너처럼 어수룩하고 시골에서 막 올라온 느낌을 팍팍 풍기는 아가씨는 눈에 띄는 법이거든. 무서운 오빠들의 먹잇감으로 제격이지."

그의 말이 맞을지도 모르지만, 분명 그럴 테지만, 그렇다고 그렇게 말할 것까진 없잖아.

'미안하게 됐네요! 맞아요. 난 세상 물정 모르는 시골뜨기라고욧!!'

레베카는 부글부글 끓어오르는 분노에 못 이겨 되받아쳤다.

"나 좀 내버려 둬요! 그쪽이 가르쳐 주지 않아도 갈 수 있다고요! 더 이상 상관하지 말아요!!"

어이가 없다는 듯 남자가 어깨를 으쓱했다.

다시 걷기 시작하자 남자의 기척이 멀어져 가는 것이 느껴졌다. 아무래도 결국 포기한 모양이었다.

마음이 놓이는 동시에 형용하기 어려운 불안이 엄습해 왔다.

낯선 거리, 낯선 골목길에서 외톨이가 되었다. 레베카를 도와줄 이는 아무도 없다.

'안 돼. 정신 차리자.'

이깟 걸로 마음이 약해지면 엄마와 한 약속을 지킬 수 없다.

입술을 꽉 깨물고 고개를 숙인 채 걸음을 내딛는데 다른 사람과 어깨를 부딪쳤다.

"죄송합니……."

사과하려고 얼굴을 든 순간, 누군가가 난폭하게 팔을 잡아챘다.

"꺄악!"

비명이 흘러나왔다.

무슨 일이 일어나고 있는지 모른 채로 들어 올린 눈동자에에 비친 것은 증오에 찬 번뜩이는 눈.

'이 남자… 아까 그 도둑이야……!'

얼굴은 정확히 보지 못했다. 하지만 옷차림이 낯익다.

애쉬라는 이름의 젊은 남자에게 녹다운당한 뒤 어디론가 도망쳤다고 생각했는데 설마 뒤를 밟은 거야?

"싫어요……. 이거 놔요……!"

레베카는 신변의 위험을 느끼고 남자에게서 벗어나려고 했지만, 곧이어 목에 차가운 감촉을 느끼고 몸을 움츠렸다.

칼이다. 잘 벼려진 칼날이 조금만 움직여도 피부가 베일 것처럼 예리했다.

"조용히 해. 소리 질렀다간 뒷일은 장담 못해."

"……."

"아깐 실패했지만, 최소한 보석 몇 개라도 받으러 왔으니까 각오해."

레베카는 양손으로 가방을 꼭 껴안고 가냘픈 목소리로 호소했다.

"싫어요……."

이것은 줄 수 없다. 이 안에는 소중한 물건이 들어 있다.

"너 말이야, 옷도 좋은 걸 입었고, 가방에 값나가는 물건이 가득 들어 있겠지?"

"싫어요… 싫어요……!"

"순순히 넘겨. 죽고 싶어?! 이 계집이!!"

협박에 심장이 조여든다. 무슨 수를 써서라도 도망가야 한다. 생각은 하고 있는데 몸이 굳어서 움직이지 않았다.

바로 그때—

"여어, 또 만났네."

경박한 목소리. 밝고 상냥한 웃음.

"애쉬……!"

레베카는 저도 모르게 이름을 불렀다. 끈질기고 시끄럽고 무례한 남자. 하지만 얼굴을 보자마자 눈물이 날 정도로 마음이 놓였다.

"곤란해 보이는데?"

재미있다는 듯 웃으면서 애쉬가 말했다.

"이를 어쩐다. 구해줘야 하나? 하지만 상관 말라고 했으니 그냥 지나가야겠지?"

"다가오지 마!"

날치기가 레베카의 목에 칼을 들이댄 채 애쉬를 향해 소리쳤다.

"이 여자가 어떻게 되든 상관없어?!"

"그렇다는데, 어떻게 할까?"

애쉬에게는 긴장감이 눈곱만치도 없다. 날치기가 손에 든 칼 따윈 안중에도 없는 것 같다.

왠지 모르게 점점 화가 났다. 날치기에게가 아니다. 애쉬에게다.

'왜 저렇게 짓궂은 거지?'

내가 곤경에 빠진 모습을 보니 그렇게 즐거워?

"형씨. 여성이 곤란해하잖아."

공포로 막혀 버린 목에서 목소리가 흘러나왔다.

"잡담은 그만하고 구해줘요!"

하지만 애쉬의 대답은…….

"그게 부탁할 때의 말투야?"

나 원 참. 핑계가 많은 건 아까나 지금이나 똑같다.

'알았다고. 원하는 대로 해주면 되잖아!'

"부탁이에요! 애쉬, 구해주세요!"

"OK."

대답이 떨어지기가 무섭게 애쉬는 날치기에게 단숨에 바짝 다가와, 그 긴 다리로 날치기의 손을 걷어찼다.

날치기의 손에서 칼이 힘없이 떨어져 돌바닥 위에 구른다. 애쉬는 칼을 주우려고 뻗은 날치기의 손등을 부츠 굽으로 사정없이 짓밟았다.

"으악……."

그리고 비명을 지르는 날치기의 배를 걷어찬 다음 옆구리에 결정타를 날렸다.

눈 깜짝할 새에 일어난 일이었다.

날치기는 웅얼거리는 신음 소리를 내며 돌바닥 위에 대자로 뻗었다.

애쉬는 날치기의 바지에서 벨트를 풀어내, 양손을 근처 집 울타리에 묶었다. 처리를 끝낸 뒤, 애쉬가 오른손을 가슴에 대고 레베카를 향해 다소 고풍스러운 인사를 했다.

"어떻습니까, 공주님?"

"……."

"내 손에 걸리면 대충 이런 식이지."

그 우쭐대는 웃음을 보니 무릎에서 휘청하고 힘이 빠졌다.

레베카는 여행 가방을 안은 채 제자리에 털썩 주저앉고 말았다.

"무서웠어요……."

새삼스레 발끝부터 떨려왔다.

"……정말 무서웠다고요."

엄마가 물려준 보랏빛 눈동자에 눈물이 배어나온다. 눈가에서 방울져 뺨을 타고 흘러내린다.

애쉬가 다가와 레베카의 옆에 무릎을 굽히고 앉았다.

"울지 마."

커다란 손이 등을 쓰다듬었다.

"괜찮아. 이제 괜찮아."

따뜻한 손이다. 그리고 무척 다정한…….

"이제 그만 갈까? 걸을 수 있겠어?"

레베카는 고개를 끄덕였다.

"저 남자… 어떻게 할 거에요?"

"저대로 놔두면 아무나 경찰에 알리겠지."

아직 다리가 휘청거린다. 애쉬가 도와주지 않았다면 아마 일어서지 못했을 것이다.

애쉬의 부축을 받아 그가 이끄는 대로 걸어가자 얼마 지나지 않아 건물이 사라지고 광장이 나왔다.

바로 옆 블록 길로 가면 구시가지에서 빠져나갈 수 있었는데 그걸 눈치 못 채고 같은 자리를 맴돈 모양이다.

'나는 왜 이리 바보 같을까…….'

자신에게 크게 실망했다.

애쉬는 온통 초록으로 물든 공원 벤치에 레베카를 앉히고 그 옆에 자기도 걸터앉았다.

“어때? 조금 진정됐어?”

“이제 괜찮아요.”

레베카는 가볍게 고개를 끄덕였다.

이제 와서 오늘 처음 만난 사람 앞에서 거리낌 없이 운 것이 조금 창피하다.

그 생각이 레베카를 고분고분하게 만든 것일까. 어느새 레베카는 애쉬의 질문에 자연스럽게 대답하고 있었다.

“니스는 처음이야?”

“네.”

“혹시 외국인?”

“맞아요.”

“니스는 좋은 곳이지만 구시가지는 치안 상태가 별로 좋지 않아.”

레베카는 마음속으로 맞장구를 쳤다. 하지만 자신도 경솔했다. 처음 누리는 자유에 지나치게 들떠 있었다.

“나는 누가 봐도 시골뜨기예요. 누군가 날 노린다고 해도 별수 없어요.”

레베카의 대답에 애쉬는 민망한지 어깨를 으쓱했다.

“미안. 말이 지나쳤지?”

“이해해요. 사실인걸요. 세상 물정 모르는 것도 맞아요.”

"괜찮은 구석이 많은 아가씨였군. 솔직하고, 순진하고, 천진난만하고. 때 묻지 않고 순수한 느낌이랄까."

한 번도 생각해 보지 못한 말을 들었다.

무심코 애쉬를 돌아보자 그의 얼굴에 상냥한 미소가 번져 있었다.

높은 콧대, 날렵한 턱선, 남성미를 풍기는 입매. 이와 반대로 긴 속눈썹에 가려진 눈매는 섬세하다.

"귀찮게 해서 미안해. 하지만 그냥 둘 수 없었어. 방금 말한 대로 구시가지에는 나쁜 녀석도 있거든."

'어……?'

이게 뭐지? 방금 심장이 두근 하고 뛰었다.

기분이 묘해서 가슴에 손을 대보니 심장이 평소와 다르게 빠른 속도로 뛰고 있다.

가슴이 왜 이렇게 두근거리는지 모르겠다.

'젊은 남성과 이렇게 가까운 거리에서 대화하는 게 처음이라 그런가?'

아버지는 레베카가 사교파티에 참석하는 걸 좋아하지 않았다.

가끔 데리고 갈 때도 늘 일찍 나왔기 때문에 또래의 이성과 오랜 시간 이야기를 나눈 적이 없다.

생각해 보면 가정교사는 여성이나 중년 남성이었고, 레베카의 시중을 드는 고용인들도 여성뿐이다. 젊은 남자라고는 가끔 견습 정원사가 작업하는 모습을 멀리서 본 정도다.

심장 박동을 의식한 순간 두근거림이 더욱 빨라지기 시작했다.

가만히 있으면 가슴이 더 답답해질 것 같아서 레베카는 억지로 다른 화제를 꺼냈다.

“저어…… 그쪽은…… 정말 강하네요.”

애쉬가 우쭐거리며 대답했다.

“전에 복싱을 했거든.”

“복싱?”

레베카는 눈살을 찌푸렸다.

“그런 걸 하다니 역시 불량배 맞네요.”

레베카의 말에 이번에는 애쉬가 눈살을 찌푸렸다.

“복싱은 엄연히 스포츠라고.”

“하지만 서로 주먹질을 하는 건 야만스러운 행동이에요. 불량배나 하는 짓이라고요. 게다가 그 복장하며…….”

레베카가 티셔츠와 블루진을 언급하자 애쉬는 벌떡 일어나더니 보그지에 나온 모델처럼 제자리를 빙그르르 돌았다.

“이거 쿨하지?”

애쉬가 일부러 ‘쿨’이라는 단어만 영어를 쓰기에 레베카는 못마땅한 표정을 지었다. 그 표정을 보고 애쉬가 어깨를 으쓱했다.

"이봐. 미군 군복하고 똑같은 거야. 미국에서 엄청 유행하는 거 몰라?"

"미국은 어떨지 몰라도 유럽에서는 블루진을 입고 다니는 건 불량배뿐이에요."

"불량배?!"

"미국인은 천박하고 야만스럽고 무례하다고들 하잖아요. 그런 사람들을 따라하다니 머리가 이상해진 모양이라고 생각할 수밖에요."

레베카가 그렇게 말하자 애쉬는 과장된 몸짓으로 머리를 감쌌다.

"오, 신이시여. 이 악의에 찬 편견에 사로잡힌 소녀를 용서해 주소서. 그녀는 아직 어린애라 세상을 모르는 것뿐입니다."

모욕이라 생각했다. 모욕을 당했을 때는 확실히 항의해야 한다.

"나는 어린애가 아니에요! 결혼도 할 수 있는 나이라고요!"

앙칼지게 대들자 애쉬는 팔짱을 끼고 레베카의 얼굴을 바싹 들여다보며 말했다.

"그러면 하나만 묻자. 너 미국인을 본 적은 있어?"

"그야…… 없어요. 하지만……."

"그런데 미국인이 천박하고 야만스럽고 무례하다는 건

어떻게 알지?"

틀린 말은 아니다. 그래도…….

"그러니까…… 다들 그렇게 말하는걸요……. 뒤퐁 부인도……."

"뒤퐁 부인?"

"내 가정교사예요. 나는 학교에 다니지 않았어요. 아버지가 허락하지 않았거든요."

애쉬가 한숨을 크게 내쉬었다.

"너 말이야, 진짜 부잣집 외동딸이구나."

차가운 바닥에 내동댕이쳐진 기분이 들었다. 아버지 곁에서 뛰쳐나온 건 좋지만, 너는 아무것도 할 수 없다고 말하는 것만 같았다.

'그래도 나는…….'

레베카는 스스로 용기를 북돋우려는 듯 여행 가방을 힘껏 끌어안고 일어섰다.

"난… 이만 갈게요……."

애쉬가 무슨 말을 하려는지 알고 있었지만, 그걸 가로막은 이유는 이 이상 애쉬와 이야기를 나눴다간 약해질 자신의 모습이 싫었기 때문이다.

"저… 구해줘서 고마워요……. 이 가방을 잃어버렸다면… 생각만 해도 아찔해요……."

여기까지 말하다가 레베카는 자신의 잘못을 드디어 깨달

았다.

"나는… 그쪽에게 아직 감사 인사를 하지 않았군요……."

원래대로라면 처음 여행 가방을 찾아줬을 때 제대로 말해야 했다.

'그런데, 나는…….'

"감사 인사도 하지 않고 사례를 하겠다니 내가 더 큰 결례를 범했어요. 미안해요. 나도 내가 부끄러워요……."

레베카는 자신이 한심한 나머지 차마 애쉬의 얼굴을 제대로 보지 못하고 고개를 숙였다.

애쉬를 비난했지만, 사실 비난 받아야 할 쪽은 자신이었던 것이다.

그러나 애쉬의 목소리는 다정했다.

"그 가방은 네게 소중한 물건이잖아."

"네."

레베카는 고개를 숙인 채 꺼져 가는 목소리로 대답했다.

"이 안에 어머니의 유품이 들어 있어요."

"그랬군. 엄청 중요한 가방이었네. 너한테 소중한 걸 지킬 수 있어서 다행이야."

애쉬의 말을 듣고 겨우 고개를 들었다. 애쉬는 웃고 있었다. 그 따뜻하고 상냥한 미소로.

"고마워요……. 정말 고마워요……."

레베카의 말에 애쉬가 갈색 눈을 가늘게 떴다. 눈부신 것이라도 본 듯한 그 눈빛에 레베카의 마음도 포근한 빛으로 가득 찼다.

이 사람, 첫인상대로 좋은 사람일지도. 친절하고 다정한 사람일지도.

'불량배 중에서도 이야기를 나눠보면 좋은 사람이 있구나.'

"내가 바래다줄게. 호텔이 어디야?"

애쉬의 질문에 레베카는 고개를 가로저었다.

"호텔에는 돌아가지 않을 거예요."

애쉬가 살짝 놀란 표정을 지었다.

"돌아가지 않는다고? 왜?"

"호텔에 가면 강제로 결혼해야 해요. 천박하고 야만스럽고 무례한 미국인과."

만난 지 얼마 되지 않은 사람에게 할 이야기는 아닐 수도 있다.

하지만 애쉬에게는 털어놔도 될 것 같은 기분이 들었다. 이유는 모르겠지만.

"그것보다 이왕 신세 진 김에 역까지 가는 길을 가르쳐 줄래요?"

"역이라니 니스 역? 어디로 가는데?"

"그라스요."

"그라스……."

"어릴 적 엄마와 약속했어요. 그 약속을 지키러 가는 거예요."

애쉬는 심각한 표정으로 잠시 생각에 잠겼다가 천천히 입을 열었다.

"그라스에 아는 사람이라도 있어?"

"아는 사람?"

레베카는 좌우로 고개를 저었다.

"없어요. 그런데 그건 왜요?"

"그라스에 가려면 기차로 칸(Cannes)까지 가서 거기서 갈아타는 게 빨라. 하지만 지금 출발하면 한밤중에나 도착할걸?"

"……."

"어차피 호텔도 잡지 않았고 너처럼 순진한 아가씨가 혼자 돌아다니면 또 질 나쁜 녀석들의 눈에 띄기 십상이지."

부정하지 않는다. 하지만 부정할 수 있는 요소가 하나도 없다는 것이 분하다.

"그래도 나는 꼭 가야 해요!"

레베카는 비명에 가까운 소리를 질렀다.

"엄마와 약속했어요! 엄마가 이 세상에서 가장 사랑한 사람을 찾아서 엄마의 유언을 전해야 해요! 그 단서가 그라스에 있어요. 그래서 나는 무슨 일이 있어도 가야 해요……."

"하는 수 없군……."

애쉬가 한숨을 쉬었다.

"얼마 줄래?"

"네……?"

"내가 그라스에 데려가 주면 가이드 요금은 얼마나 낼 거냐고 물었어."

금방이라도 무너질 것처럼 흔들리던 마음이 불현듯 화악 하고 밝아졌다.

"정말요?! 정말 데려가 줄 거예요?"

"그러니까 액수에 따라 생각해 보겠다고 했잖아."

"네……?"

"아, 그래……."

애쉬가 레베카의 눈앞에 손가락 한 개를 들이밀었다.

"경비는 별도로 계산하고, 하루에 천 프랑. 거기에 따로 성공 보수를 삼천 프랑 얹어서. 어때?"

"……."

"기간은 오늘부터 그라스에 간 다음 다시 니스에 돌아올 때까지. 그 기간 동안 숙식은 제공할게. 나는 순진한 아가씨를 속이는 취미 따윈 없으니까, 이 정도면 적당한 선이지?"

생글생글 웃는 애쉬. 정반대로 레베카는 인상을 찌푸렸다.

'사사건건 시비조야.'

아까는 자기 입으로 '당신 같은 아가씨에게 푼돈을 뜯어야 할 정도로 가난하진 않아' 라고 말한 주제에 결국 돈이 목적이었나?

'역시 불량배야.'

"어떻게 할래? 나는 아무래도 상관없어."

그렇게 말하고 애쉬는 천연덕스럽게 웃었다.

"장담하건대 혼자서 니스에 가기 어려울걸."

됐거든요!!

속마음은 애쉬의 제안을 딱 잘라 거절하고 싶었다.

하지만 애쉬가 말했듯이 세상 물정 모르는 그녀가 혼자 그라스에 가서 목적을 이루기가 얼마나 힘들지는 상상할 필요도 없다…….

믿어도 될까?

상대는 불량배다.

하지만 돈이 목적이라면 성공 보수가 탐이 나서라도 레베카가 원하는 대로 움직여 줄지 모른다.

망설이고 망설이고 또 망설인 끝에 마음이 애쉬의 제안을 받아들이는 쪽으로 기울었다.

애쉬를 믿는 게 아니다. 아마도 난생처음 혼자서 행동하는 데 불안을 느꼈기 때문일 것이다.

"좋아요. 경비는 별도로 하고 하루에 천 프랑. 성공 보수는 오천 프랑 드릴게요."

"인심이 후하군."

"그 대신 내가 고용주라는 점을 똑똑히 기억하는 것이 조건이에요."

애쉬가 어깨를 으쓱했다.

"네네. 아가씨의 분부에 따르겠습니다."

말은 정중했지만 태도는 불손하기 짝이 없었다.

'정말로 알긴 안 걸까?'

발끈한 레베카에게 애쉬는 방긋 웃으며 오른손을 내밀었다.

"잘 부탁해요. 내 고용주님."

"……."

레베카는 아무 말 없이 애쉬의 얼굴을 바라보다가 결국 주춤주춤 손을 뻗어 애쉬의 손을 잡았다.

커다란 손. 따뜻한 손.

가벼운 악수일 뿐인데 손이 닿는 순간 두근 하고 가슴이 뛰었다.

"계약 성립."

말과 함께 손이 떨어졌다.

레베카는 애쉬의 온기가 남아 있는 자신의 오른손을 가슴에 얹고 다소 허둥대며 입을 열었다.

"그렇지만 내가 번 돈은 아니에요. 그래도 괜찮겠어요?"

날치기로부터 가방을 되찾아준 사례를 하려고 말했더니 '답례라면 네가 직접 번 돈으로 해줘' 라고 쌀쌀맞은 대답이 돌아온 지 아직 한 시간도 지나지 않았다.

하지만 레베카의 말을 애쉬는 웃어넘겼다.

“그건 장난이지. 네가 순진해도 너무 순진하니까 한번 놀려본 거야.”

“이봐요!”

“어머니의 유산이라고 했지? 그건 어머니가 너를 위해 남긴 거니까 네가 납득할 만한 곳에 쓰면 돼.”

그렇게 말하는 애쉬의 목소리와 눈동자가 무척 다정했다.

짓궂은 말을 던지다가도 금세 따뜻해진다.

‘정말이지 이상한 사람이야…….’

“그렇게 결정했으면 우선 우리 집에 갈까?”

레베카에게는 다소 의외인 말이었다.

“그쪽 집이요? 왜죠? 바로 니스로 가는 건 아니고요?”

따지자 더 의외인 대답이 돌아왔다.

“곧 일하러 가야 하거든. 너도 와서 거들어.”

“내가 왜?!”

“한가하잖아.”

“기막혀서!”

“어때? 무작정 기다리기도 지루한데 시간도 죽이고 돈도 벌고. 일석이조 아니야?”

이건 무슨 논리야?

"말도 안 돼요!"

"괜찮아, 괜찮아."

"잠깐만요! 애쉬!!"

그러나 아무리 항의해 본들 애쉬가 들어줄 리 없다.

'뭐야! 믿을 수 없어!!'

다시 구시가지 방향으로 걷기 시작한 애쉬의 뒤를 어쩔 수 없이 따라가는데 애쉬가 갑자기 돌아서서 레베카의 얼굴을 빤히 보았다.

"그러고 보니 아직 이름도 안 물어봤네."

레베카는 눈을 치켜뜨고 애쉬의 얼굴을 보면서 쭈뼛쭈뼛 이름을 말했다.

"나는… 레베카예요……."

"레베카라……."

순간 애쉬의 갈색 눈동자에 의미심장한 기색이 감도는 듯 보인 건 기분 탓일까?

하지만 애쉬는 곧바로 상냥한 얼굴로 돌아와 있었다.

"잘 부탁해, 레베카. 잘 지내보자."

그 생글거리는 얼굴을 보면서 레베카는 새삼스레 불안해졌다.

'정말 이걸로 된 걸까?'

—내가 성급했던 건 아닐까……?

2장

눈꺼풀 위에서 금빛 물결이 춤춘다.

아침인데도 커튼 틈 사이로 비껴 들어오는 햇빛이 반짝반짝 눈부시다.

몸을 일으키려다 채 일어나지 못하고 레베카는 다 죽어가는 목소리로 비명을 지르며 침대 위에 털썩 누웠다.

다리가 아프다. 허리가 아프다. 팔이 아프다. 지금까지 한 번도 쓰지 않았던 근육이 제 의지와 상관없이 혹사당해 온몸이 비명을 지르고 있다.

"후, 성급했어……."

투덜거려 봤자 때는 늦었다. 이제 와서 후회한들 아무 소용 없다.

어제 구시가지로 되돌아왔을 때 애쉬가 향한 곳은 구시가지 외곽에 있는 허름한 석조 아파르트망(프랑스어로 아파트)이었다.

우격다짐으로 옷을 갈아입고 끌려간 곳은 구시가지 동쪽에 있는 항구.

거들라는 말대로 레베카는 눈 코 뜰 새 없이 이리저리 뛰어다녔다.

배의 화물칸에서 내린 작은 화물을 구분하거나 손수레에 실어 옮겼다.

당연히 육체 노동은 난생처음이다.

그 탓에 일이 끝날 무렵에는 완전히 지쳐서 녹초가 되어 버렸다. 어떻게 이 아파르트망까지 돌아왔는지 기억이 잘 나지 않을 정도였다.

다만 그 덕분인지 이런저런 생각에 빠지지 않고 푹 잤다.

처음 온 니스에서 어제 처음 만난 젊은 남자의 아파르트망에 굴러 들어와 집주인의 침대를 점령하고 곯아떨어지다니 스스로 생각해도 뜻밖에 대담한 행동을 저질러 버렸다.

"으으……."

레베카는 끙끙대며 욱신거리는 몸을 달래서 일으켰다.

애쉬의 아파르트망은 보고도 믿기 어려울 정도로 좁았다.

테이블과 소파를 놓는 것만으로도 발 디딜 틈 없는 주방 겸 식당 겸 거실과, 침대로 꽉 찬 침실.

애쉬는 이 침실을 레베카에게 양보했다. 시트를 전부 새 것으로 갈아주었고, 튼튼한 자물쇠가 달린 방은 좁다는 것만 참으면 그럭저럭 나쁘지 않았다.

애쉬는 아마 거실 소파에서 잤을 것이다. 레베카가 욕실을 쓸 때는 집밖으로 나가주었다.

'생각 외로 신사적이야…….'

흔들리려는 마음을 고개를 저으며 부정했다. 일단 믿게 만든 뒤, 손바닥 뒤집듯 태도를 싹 바꾼다. 그것이 애쉬의 수법인지도 모른다.

레베카의 머릿속에서 뒤퐁 부인의 말이 떠올랐다.

"알겠습니까? 아가씨, 특히 젊은 남자는 여자에게 늘 흑심을 품고 있습니다. 결코 틈을 보여선 안 됩니다. 틈을 보였다간 큰일 납니다."

'괜찮아. 내가 틈을 보이지 않으면 돼.'

스스로 타이르면서 여행 가방을 부스럭부스럭 뒤적이자 기척을 느낀 걸까? 갑자기 문밖에서 목소리가 들렸다.

"일어났어?"

레베카는 벌떡 일어나 당황해서 대답했다.

"네? 아, 네. 일어났어요."

"갈아입을 옷, 건네줄까 하는데."

아직 잠옷 차림인 레베카가 자물쇠를 풀고 문을 살짝 열어 거실을 내다보자 돌연 눈앞에서 팔이 쑥 들어왔다.

잽싸게 받아 들고 다시 문을 잠그고 나서야 확인해 본다. 건네받은 것은 빛바랜 덩가리(데님과 비슷하지만 더 얇은 천) 셔츠와 오버롤 블루진.

"잠깐, 지금 이걸 나한테 입으라는 거예요?"

믿을 수 없었다. 미국인도 아니고 이런 품위 없는 차림새는 상상만 해도 현기증이 일었다.

그런데도 애쉬는 단호하다.

"입는 게 좋을걸. 오늘 일은 옷이 금방 더러워질 테니까."

"일?! 오늘은 그라스로 가는 게 아니었나요?"

"준비할 게 많아. 싫으면 그만둬도 상관없어."

"……."

이 사람, 싫다.

'두 마디째는 꼭 얄미운 소리를 한다니까.'

그라스에 데려갈 마음이 있기는 한 걸까?

불안해하는데 문밖에서 목소리가 들렸다.

"방금 다른 사람에게 부탁해서 차를 준비해 뒀어."

"……자동차?"

"기차로 가는 것보다 편리하니까."

그렇구나. 그런 방법이 있었구나. 자동차로 가다니 생각도 못했다.

"그런데 운전할 수 있어요?"

"맡겨만 주십시오."

"혹시 짐꾼 전에 운전기사로 일했어요?"

애쉬가 작게 웃는 소리가 문 너머로 들려왔다.

"그런 질문을 하리라곤 생각 못 했네."

놀리는 듯한 말투에 레베카는 살짝 화가 났다.

차는 매우 고가라서 아무나 쉽게 살 수 있는 물건이 아니다. 이런 낡고 좁은 아파르트망에 사는 애쉬에게 차를 살 만한 돈이 있으리라고는 볼 수 없다.

그렇다면 다른 곳에서 운전하는 일을 했다고 생각하는 것이 자연스러운 흐름이다.

레베카의 집에도 차는 있지만 운전은 전담 운전기사의 일이기도 하고…….

침묵으로 항의하자 레베카의 표정이 보인다는 듯 애쉬가 자초지종을 털어놓았다.

"옛날에 군대에서 훈련받았어."

"군대? 당신, 군인이었어요?"

"실제로 전투에 참가한 적은 없지만."

제2차 세계대전 무렵 파시즘 폭풍이 거칠게 불어닥쳐 온 유럽을 삼켰다.

레베카는 아직 어렸을 때라서 그다지 실감하지 못했지만 힘든 시기였다고 모두들 입을 모아 말했다.

누구든지 싸우지 않으면 안 됐던 시대였다.

그 무렵 애쉬도 아직 십대였을 텐데, 그런 어린 세대가 강제 징병되는 일이 적지 않았던 것이다.

제2차 세계대전 중, 이탈리아 지배하에 있던 니스가 개방된 해가 1944년. 그 뒤로 아직 십 년도 채 지나지 않았다.

투명하게 빛나는 니스의 하늘과 바다를 보고 있으면 그런 일이 있었다는 게 믿기 어렵지만…….

레베카는 건네받은 옷을 다소 엄숙한 기분으로 침대 위에 펼쳐 놓았다.

실제로 입을 생각을 하면 몸서리치게 싫지만, 그렇다고 해서 지금 애쉬에게 의지하는 것 말고 다른 도리가 있는 것도 아니었다.

일단 앞으로의 일정도 생각하고 있는 것 같고.

'뭐, 하는 수 없지.'

레베카는 마지못해 덩가리 셔츠 소매에 팔을 넣는다. 오버롤도 입고 머리를 양 갈래로 땋아서 묶은 다음 조용히 문을 열자 애쉬는 레베카의 모습을 보고 휘파람을 불었다.

"휘이~ 미국 여자애 같아. 베키라고 불러도 돼?"

"싫어요."
"어째서?"
"미국 여자애 같으니까요."
레베카를 줄여서 베키. 미국에서는 친근함의 표시로 그렇게 부르는 건지 모르겠지만 레베카가 태어난 나라에서는 그런 호칭을 쓰지 않는다.
베키라니, 미국인이 된 것 같아 어쩐지 불쾌하다.
"미국을 정말 싫어하는구나."
애쉬가 한숨을 쉬었다.
"미국도 좋은 점이 많은데 말이야. 그 옷도 잘 어울려. 엄청 귀여운데."
이런 말을 들으니 기분이 나쁘지는 않다. 변덕스러운 제 모습에 질려하면서 등 떠밀려 테이블에 앉으니 이미 식사가 차려져 있었다.
브리오슈(눈사람 모양 빵), 오렌지 주스에 카페오레. 거기에 오믈렛과 샐러드와 과일…….
"아침부터 이렇게 많이 먹어요?"
레베카는 놀라서 눈을 동그랗게 떴다.
평소 레베카의 아침 식사는 작은 빵과 차가 전부다. 레베카가 특별히 소식을 즐기는 건 아니다. 어제 낮까지 머물렀던 호텔도 비슷했다.
"당신은 이런 점까지 미국인 같네요."

들은 바에 따르면 미국인은 아침부터 배부르게 먹는다고 한다. 지금 눈앞에 차려져 있는 아침 식사처럼 말이다.

"육체노동은 배가 금방 꺼진다고."

애쉬가 잘 안다는 듯이 말한다.

"그렇게 미국이 좋으면 미국에 가면 되잖아요."

레베카의 목소리에 비난이 묻어났을까? 애쉬는 조금 기분 나빠 보였다.

"넌 그렇게 말하지만 말이야. 블루진도 기원을 따지자면 프랑스가 원조라고."

"정말요? 처음 들어요."

"이 천은 데님이라고 하는데, 알아?"

애쉬가 자신이 입고 있는 블루진을 손가락으로 집는다.

오늘도 애쉬는 티셔츠에 블루진이다. 이 스타일이 굉장히 마음에 드는 모양이다.

"그 정도는 알아요."

"그러면 데님이라는 이름의 유래가 '데 님', 즉 생산지가 님이라는 뜻인 건?"

님(Nimes)은 프랑스 남부에 위치한 지방도시다. 아주 오래전부터 돛에 쓰이는 두꺼운 천을 활발하게 생산한 곳으로 유명하다.

"원래는 님에서 생산한 두꺼운 원단을 데님이라고 불렀어. 그걸 인디고로 염색해서 리벳을 박아 찢어지지 않게 만든 게 블루진. 다시 말해 블루진의 고향은 프랑스야. 어때? 달리 보이지?"

"……."

"20세기도 벌써 후반에 접어들었어. 앞으로는 유럽이다 미국이다 가르지 않고 더 넓은 시야로 세계를 봐야 한다고 생각해."

애쉬의 말은 논리정연하고 하나하나 옳았다. 레베카는 한 마디도 대꾸할 수 없었다.

애쉬가 '세계'를 바라보고 있다니 의외다.

'그냥 불량배인 줄 알았는데…….'

무심코 애쉬를 물끄러미 바라보자, 애쉬가 쓴웃음을 지으며 손에 쥔 포크로 예의 없이 식탁 위를 가리켰다.

"그건 그렇고 식기 전에 먹자."

그러고 보니 뱃속이 텅 비었다. 어젯밤은 너무 피곤해서 먹는 둥 마는 둥 했으니 당연한 일일지도 모른다.

갓 구웠는지 따뜻한 브리오슈를 한 입 베어 먹고, 카페오레 잔에 입을 댔다.

"아……. 맛있어……."

"달걀도 먹어봐. 맛있어."

레베카는 애쉬의 권유에 따라 포크를 잡고 오믈렛을 입에 가져갔다.

"……!"

레베카의 표정만으로 감상을 안 것일까? 애쉬가 방긋 웃었다.

"내 말이 맞지? 맛있지?"

레베카는 조용히 고개만 끄덕였다.

애쉬가 지나치게 으스대서 저도 모르게 '자신감 과잉!'이라고 핀잔을 놓고 싶었지만, 그런 감정이 순식간에 사라질 만큼 정말 맛있었다.

"요리를 잘하네요."

참고로 레베카는 요리라는 것을 한 번도 해본 적이 없다. 뒤누아에가에는 전속 요리사가 있어서 매일 맛있는 음식을 만들어준다.

"군대에서 이런 것도 배우거든."

애쉬는 오렌지 주스를 단숨에 들이켜고 말했다.

"빨래도 단추 달기도 바느질도 자신에 관한 일은 뭐든지 스스로 하도록 훈련받았어. 내가 못하는 일은 아이를 낳는 정도지. 만능인 나도 그것만큼은 무리야."

지금 농담이겠지? 어떻게 대답해야 하지?

당황하고 있는데 애쉬가 일어선다.

정신을 차려보니 애쉬의 눈앞에 놓인 그릇이 남김없이 깨끗하다.

"이제 슬슬 출발할 시간이야. 삼 분 줄 테니 빨리 먹어."

"삼 분?!"

"자, 센다. 하나— 둘— 세엣……."

"말, 말도 안 돼!"

레베카는 서둘러 남은 아침식사를 우겨넣었다.

먹으면서 불현듯 아버지가 떠올랐지만 바로 머릿속에서 몰아냈다.

아버지가 레베카를 걱정하리라고는 생각하지 않는다.

아버지는 레베카를 사랑하지 않기 때문이다.

'그런 사람, 이제 아무 관계없어…….'

나는 자유의 몸이 된 거야.

나는 나.

내 인생인걸.

내가 하고 싶은 대로 할 거야!

* * *

오늘도 니스는 맑다.

태양은 반짝반짝. 바람은 산들산들.

이런 날은 해변에서 온종일 일광욕을 즐기면 분명 기분 좋겠지.

아무것도 하지 않고 느긋하게 지낸다.

그야말로 최고의 휴식 아닌가?

하지만…….

"으……."

레베카는 눈부시게 파란 하늘을 원망스럽게 올려다봤다.

시장은 지금까지 레베카가 한 번도 만난 적 없는 악취로 가득했다.

냄새를 맡았을 뿐인데도 미끈거리는 막이 온몸을 감싸고, 목을 졸라매고, 위를 제멋대로 휘젓는 느낌이었다.

악취의 원인은 시장에 늘어놓은 엄청난 양의 생선이었다.

레베카는 아침 식사를 마친 뒤 쫓기듯이 항구로 끌려왔다.

오늘 아침 잡아 올린 생선이 담긴 나무상자 더미가 레베카와 애쉬를 기다리고 있었다.

그 나무상자를 손수레에 실어서 구시가지까지 운반하는 게 오늘 할 일이라는 걸 들었을 때는 솔직히 전부 내팽개치고 도망가고 싶었다. 그럼에도 불구하고 '어머니와의 약속을 지키기 위해서야' 라고 자신을 달래며 열심히 일했는데…….

가까스로 시장에 도착하자 애쉬는 매정하게 말했다.

"다음은 이 가게 좀 봐줘."

"네?"

"주인아저씨가 아파서 일손이 부족하다며 도와달라고 하더라고. 아무리 곱게 자란 부잣집 외동딸이라도 가게 정도는 지킬 수 있겠지."

레베카는 당연히 항의했다.

"잠깐만요. 처음 듣는 이야기라고요!"

하지만 애쉬는 듣는 시늉도 하지 않는다.

"모르는 게 있으면 주인아주머니에게 물어봐."

"저, 저기요……!"

"그럼, 나중에 데리러 올 테니까 그때까지 말 잘 듣고 있어."

"에에엣?"

'애쉬, 이 바보야!!'

레베카는 마음속으로 애쉬를 마구 욕했다.

이기적이고 제멋대로에 짠돌이 불량배 같으니라고.

'진짜 최악이야!'

무엇보다 용서할 수 없는 것은 레베카를 이런 곳에 혼자 내버려 두고 갔다는 것이다.

말이 통해서 의사소통을 하는 데 지장은 없지만, 아버지가 혼자 있는 것을 허락하지 않았던 것도 있어서 혼자 있는 것이 서먹하다. 하물며 주위에는 낯선 사람들뿐. 불안한 나머지 저도 모르게 온몸이 경직되었다.

아버지에게 해방돼서 날아갈 듯이 기뻤는데 자유란 이런 면도 있다.

혼자. 결정할 때도 혼자. 무엇을 할 때도 혼자.

편하지만 어쩐지 심심하다…….

허전한 마음에 광장 중앙에 있는 돌고래 분수를 멍하니 바라보고 있는데 누군가 말을 걸었다.

"어이. 언니. 이거 주쇼."

깜짝 놀라 시선을 돌리자 가게 앞에 배불뚝이에 거구인 남자가 서 있었다. 아무리 봐도 손님이다. 남자의 손가락은 레베카의 눈앞에 진열된 유달리 큰 생선을 가리키고 있다.

당황해서 주인아주머니를 봤지만, 아주머니는 다른 손님을 상대하는 중이었다.

"어이, 언니. 듣고 있소?"

안 그래도 큰 남자의 목소리에 짜증이 섞여 있다.

'어쩌지……?'

어떻게 해야 하지?

안절부절못하는 레베카에게 남자가 백 프랑짜리 지폐 두 장을 내밀었다. 남자가 가리킨 생선 앞에는 주인아주머니가 만든 가격표가 꽂혀 있다.

레베카가 이백 프랑을 받아 들자 남자는 가지고 온 커다란 바구니를 들이밀었다. 그 안에 생선을 넣어달라는 것처럼 보였다.

'이걸? 만지라고?'

절망했다. 지옥에 떨어지라고 하는 것만 같았다.

"뭐해. 얼른 줘."

남자의 목소리가 크다. 혹시 못 만지겠다고 했다간 날벼락이라도 떨어질 기세다.

'아아…… 싫어…….'

레베카는 부들부들 떨면서 양손을 뻗어 생선을 잡았다. 보는 것 이상으로 미끈거렸다. 게다가 까슬까슬한 비늘이 손바닥을 찔러서 아프기도 했다. 기분 나빠서 눈물이 날 것 같았다.

죽을힘을 다해 바구니에 생선을 넣자 남자는 일언반구도 없이 자리를 떠났다.

가는 등 뒤에 조그만 목소리로 '감사합니다' 라고 인사하며 레베카는 후우 하고 한숨을 크게 내쉬었다.

손에 생선 점액이 묻었다. 손에서 나는 생선 냄새가 온몸에 배는 것 같아서 참을 수 없이 불쾌했다.

'생선이 이렇게 비린 거였구나.'

미처 몰랐다.

레베카의 고향은 바다에서 멀리 떨어져 있기 때문에 생선은 가끔 먹는 음식이다. 어쩌다 식탁에 올라온다 해도 대개 송어 같은 민물 생선들이다.

이것이 바다의 냄새라면 바다까지 싫어질 것 같았다.

고작 그 정도의 사소한 일에 이상하리만치 충격을 받아 크게 놀라고 있던 중에 이번에는 다른 손님이 나타났다.

"저기요. 이거 주세요."

또 그 미끈거리고 비린 물체를 만져야 하는 건가.

'울고 싶어…….'

그래도 두 번째는 아까보다 수월한 기분이었다. 처음보다 생선이 작았던 덕분인지도 모른다.

그러는 사이에 점점 손님이 몰려들어 나중에는 고민하거나 망설이거나 생각할 겨를도 사라졌다.

어쨌든 찾아오는 손님을 상대하기도 벅찼다.

정신을 차려보니 어느샌가 생선을 만지는 것도 익숙해지고 비린내도 신경 쓰지 않게 되었다.

"여어, 돈 좀 벌었어?"

그런 말과 함께 드디어 애쉬가 나타난 때는 진열된 생선이 거의 남아 있지 않은 무렵이었다.

"돈 좀 벌었어, 라고 할 때가 아니죠!"

레베카는 찌릿 하고 눈꼬리를 치켜세우고 애쉬를 노려보았다.

"생선은 난생처음 만져봤어요."

"그래도 제법 많이 팔았는데?"

"그건…… 뭐……."

"과연, 파는 사람이 미인이라 매상도 쭉쭉 오르는구나."

'미인?!'

미인이라니 혹시 나?

놀리는 거겠지. 그 증거로 애쉬의 말투는 가벼웠다.

그 가벼운 말투가 어쩐지 분해서 입술을 앙다물고 애쉬의 뒷모습을 보고 있는데, 주인아주머니와 이야기를 나누던 애쉬가 갑자기 뒤돌아보며 말했다.

"이제 가도 된대."

간절히 바라던 말을 듣고 대부분은 안심했다. 하지만 마음속 아주 작은 부분에는 다른 감정이 있었다.

생선을 만지는 것도 비린내도 겨우 익숙해졌는데 가야 한다니, 괜히 아쉬웠다.

레베카는 그렇게 생각하는 자신에게 당황하면서 주인아주머니에게 인사한 뒤 애쉬와 함께 아파르트망에 돌아갔다.

생선 냄새는 강렬했다. 애쉬가 준비해 준 마르세유 비누로 잔뜩 거품내서 손을 씻었지만 좀처럼 지워지지 않았다.

"세 번이나 씻었는데 아직도 생선 비린내가 나는 것 같아요."

레베카는 손바닥 냄새를 맡으면서 욕실을 나왔다.

"온몸에 다 밴 느낌이에요."

"그래? 난 잘 모르겠는데."

애쉬가 웃었다.

"그리고 난 바다 냄새가 좋아. 너한테 생선 비린내가 나도 별로 신경 안 써."

"아주 고맙네요."

비꼬듯 대꾸한 레베카는 문득 주방 선반에 시선이 멈추었다. 그곳에는 낡은 라디오와 새 레코드판이 몇 장 놓여 있었다.

레코드판은 미국 신봉자인 애쉬답게 절반 이상이 영어 곡이었는데, 그중에 LP(Long Playing Record의 약칭. 새로운 원료인 비닐을 사용해 기존의 레코드판보다 표면 잡음이 적고, 회전수를 늘려 더 많은 수의 음악을 넣을 수 있다)가 있었다.

LP레코드는 최근에 발매되었기에, 레베카도 실물을 본 것은 처음이었다.

"음악을 좋아하는군요."

"좋아하지. 연주는 못하지만 듣는 건 엄청 좋아해."

"어떤 음악을 즐겨 들어요?"

"가리지 않고 들어. 재즈도, 컨트리도…… 아, 물론 베토벤이나 모차르트도."

어색하게 누구나 아는 클래식 거장의 이름을 대는 애쉬를 보며 레베카는 살며시 웃었다.

애쉬는 클래식에 그다지 흥미가 없나 보다.

이와 반대로 레베카는 베토벤이나 모차르트는 자주 듣고 피아노로 연주도 하지만, 재즈나 컨트리는 전혀 모른다.

그 정도로 자신과 애쉬는 다른 세계에 살고 있는 것이다.

레베카는 새삼스레 현실을 자각하면서 레코드 한 장을 집어들었다.

"내가 아는 건 이 정도예요."

"아, 에디트 피아프의 『장밋빛 인생』이네."

유럽 전역에서 선풍적인 인기를 얻은 이 곡이라면 레베카도 알고 있다.

"사치모(전설적인 흑인 트럼펫 연주자 루이 암스트롱의 애칭)가 리메이크한 곡도, 에디트 피아프가 직접 부른 영어 버전도 들었지만, 역시 원곡이 제일 좋아."

"이거 들을 수 있어요?"

애쉬는 가볍게 고개를 저었다.

"안타깝지만 우리 집은 레코드 플레이어가 없어."

"뭐야. 플레이어도 없으면서 레코드를 샀어요?"

레베카는 들을 수도 없는 레코드판을 사다니 어리석다고 생각했지만 애쉬의 생각은 레베카와 다른 것 같았다.

"봤을 때 사두지 않으면 두 번 다시 만나지 못할 가능성이 있잖아."

"그런 거예요?"

"그런 거야. 하지만 듣고 싶어서 샀고, 가이드료를 받으면 플레이어를 살 생각이야."

LP레코드도 싸다고는 할 수 없지만, 플레이어는 더 고가다. 서민이 쉽게 살 수 있는 물건은 아니다.

만약에…….

만약에 애쉬가 정말 가이드료를 받아 플레이어를 살 생

각이 있다면 책임지고 향수에 관한 단서를 찾겠지. 그렇지 않으면 성공 보수를 받을 수 없으니까.

조금 안심하고 의자에 앉자 바로 카페오레와 샌드위치가 나왔다.

"점심 식사로 먹으라고 생선 가게 아주머니가 주셨어."

귀여운 프로방스풍 꽃무늬 접시 위에는 얇게 썬 캄파뉴(천연 발효빵)에 토마토와 양상추 등의 야채와 구운 생선이 들어간 샌드위치가 놓여 있었다.

'또 생선이야?'

속으로 지긋지긋해하며 입에 가져간 레베카는 한입 베어 물고 눈을 동그랗게 떴다.

"맛있어……!"

"진짜 맛있다."

애쉬도 맞장구를 친다.

"과연 생선 가게 안주인답게 아주머니의 생선 요리 솜씨는 일품이야."

"생선은 다 똑같다고 생각했는데 민물 생선이랑 완전히 다르네요."

"니스 바다의 냄새가 나?"

그렇구나.

이것이 바다 냄새.

그렇다면 바다가 싫어질 것 같진 않아…….

레베카가 행복한 기분으로 맛있는 카페오레와 샌드위치를 즐기고 있는데 먼저 다 먹은 애쉬가 테이블 위에 종이 꾸러미를 꺼냈다.

"잊어버리기 전에 줄게. 네 급료."

"네……?"

"어젯밤하고 오늘 아침 항구에서 일한 삯하고 생선 가게에서 일한 보수야."

"아……."

종이 꾸러미를 열자 안에서 백 프랑 지폐 몇 장과 오십 프랑 동전이 한 개 나왔다.

이 정도 돈으로 변변한 물건은 사지 못할 것이다. 오늘 일한 생선 가게에서도 가장 비싼 생선은 이보다 비쌌다.

그렇다 해도 레베카에게는 난생처음 제 손으로 번 돈이다.

그것만으로도 특별하게 느껴졌다.

"그걸로 뭘 살 거야?"

애쉬의 질문에 레베카는 가볍게 고개를 저었다.

"모르겠어요. 왠지 쓰기 아까워서……."

여태껏 느껴보지 못한 감정이다. 지금까지 절약했던 것은 사치를 하지 않도록 엄격하게 교육받았기 때문에, 다시 말해 정해진 규칙을 그냥 실천한 것이나 다름없었다. 그런데 지금은 신기하게도 이 작은 돈이 사랑스럽다.

"그러면 지금부터 쓸 곳을 찾으러 나갈까?"

"네……?"

"너, 니스는 처음이잖아? 안내해 줄게."

올려다본 애쉬의 갈색 눈동자는 여느 때와 다르게 다정한 빛을 머금고 있었다.

레베카는 그 눈빛에 묘하게 가슴이 두근거려서 머뭇머뭇 물었다.

"저기, 말은 고맙지만…… 정말 괜찮겠어요……?"

"응. 오늘 오후는 일도 없고, 이것도 가이드의 임무니까. 애써 왔는데 니스를 모른 채 돌아가는 건 그야말로 바보 같은 짓이지."

"고마워요……."

기뻐서 저도 모르게 미소 지으며 감사 인사를 했다. 애쉬가 쓴웃음을 지었다.

"왜 그래? 평소에는 바로 따졌으면서 이상하리만치 솔직하잖아."

"너무해요. 난 원래 솔직하다고요!"

솔직하지 않게 보인다면 그건 애쉬 탓이다. 애쉬가 짓궂게 놀리니 레베카도 결국 오기가 발동한 것이다.

"알았어. 그렇다고 치자."

애쉬가 어깨를 으쓱했다.

"아가씨는 대단히 솔직하십니다."

"이봐요, 그만!"

"그럼 솔직한 아가씨에게 주는 상."

느닷없이 눈앞에 종이 꾸러미를 들이밀었다.

"……뭐예요?"

"열어봐."

마지못해 열어보니 핑크색 드레스가 나왔다.

"어머……!"

가는 허리. 하늘하늘한 치맛자락.

틀림없다. 애쉬와 처음 만났을 때 보았던 쇼윈도 속 전위적인 토르소가 입고 있던 원피스였다.

"이걸 나에게? 어째서?"

"맘에 들었지? 날치기가 노리는 것도 모르고 그 드레스를 넋 놓고 보고 있었잖아."

"받을 이유가 없어요."

"이유라면 있지. 너는 내 돈줄이니까. 도망가지 못하게 뇌물 정도는 써야지."

그 정도는 안다는 애쉬의 표정을 보며 레베카는 쿡 하고 웃음을 터뜨렸다.

"그럼 이게 뇌물이에요?"

"바로 그거야."

"그렇다고 가이드료를 올려주진 않을 거예요."

"기대가 무너졌군. 아쉽네."

애쉬는 익살스럽게 하늘을 올려다보지만, 목소리에 애쉬운 기색이 전혀 없다.

“어서 입어봐.”

“네? 지금?”

“응. 새 드레스를 입고 니스를 구경한다니 생각만 해도 신나지 않아?”

“그렇군요…….”

레베카의 상상 속에서 핑크색 드레스를 입은 레베카가 니스 거리를 걷고 있다.

그 옆에는 블루진 차림의 애쉬.

둘이서 아이스크림을 먹고, 귀여운 잡화점을 구경하고, 전망이 좋은 곳에서 경치를 구경하고…….

상상만으로도 걷잡을 수 없이 마음이 들떴다.

어서 이 드레스를 입어보고 싶다. 한껏 멋을 부리고 니스 거리에 나가고 싶다. 많이, 더 많이 즐거운 경험을 하고 싶다.

레베카는 조급해지는 맘을 달래면서 침실에 들어가 옷을 갈아입었다.

드레스는 몸에 꼭 맞았다.

생각했던 것보다 치맛자락이 넓어서 조금만 움직여도 나풀거렸다. 그 모습이 무척 예뻐서 가슴이 뛰었다.

가슴은 아무래도 지나치게 파인 것 같다. 아버지가 봤다면 분명 얼굴을 찌푸렸겠지. 하지만 힘겹게 얻은 자유다. 대담해지지 않으면 손해인 것 같아 머리도 마음껏 길게 풀어보았다.

아버지는 레베카가 머리를 길게 늘어뜨리는 것을 용납하지 않고 언제나 단정하게 묶고 다니도록 했다. '머리를 단정치 못하게 풀고 다니는 건 매춘부들이나 하는 짓이다' 라며 엄하게 단속했다.

지금까지는 어쩔 수 없이 아버지의 고리타분한 논리에 따랐지만, 레베카도 혼기가 찬 처녀다. 한창 꾸미고 싶은 나이인 것이다.

"저어…… 어때요……?"

준비를 마치고 침실에서 나온 레베카를 보고 주방 겸 식당 겸 거실 의자에 앉아 있던 애쉬가 얼떨결에 일어섰다.

"어울려."

"정말요?"

"응. 보그지 모델이 잡지 밖으로 튀어나온 줄 알았어."

"이봐요."

허풍조로 칭찬하니 놀림당하는 기분이다. 살짝 흘겨보자 애쉬가 변명조로 말했다.

"뭐야? 농담이라고 생각한 거야?"

"그게……."

"거짓말 아니야. 정말이라고. 굉장히 예뻐."

속삭이는 애쉬의 목소리가 놀랄 만큼 달콤해서 듣는 순간 부끄러워졌다.

"사실 숏커트가 유행한대요."

이렇게 말한 것은 민망함을 감추기 위해서다.

"이 드레스에도 분명 숏커트가 어울릴 거예요. 나도 머리를 짧게 잘라볼까요?"

뜻밖에 애쉬는 진지한 표정으로 레베카를 보았다.

"음……. 너는 긴 머리가 어울릴 것 같은데."

"그래요?"

"머리를 길게 늘어뜨리니까 느낌이 달라. 이편이 훨씬 귀여운데 성숙해 보여."

레베카는 한층 부끄러워져서 결국 볼을 붉히며 고개를 숙이고 말았다.

레베카는 금발의 곱슬머리다. 그냥 늘어뜨리는 것만으로는 밋밋한 느낌이 들어서 양쪽 귀엣머리를 땋은 뒤, 뒤에서 하나로 합쳐 리본으로 묶었다. 오늘 아침 시장에서 어떤 여성을 보고 귀엽다 싶어서 따라 한 것이었다.

"예쁜 숙녀와 외출할 수 있어서 기뻐."

애쉬는 레베카를 재촉했다.

"자, 가자고. 인생은 짧아. 즐길 수 있을 때 마음껏 즐겨야 해."

"네……? 뭐라고요? 저기……!"

"꾸물대지 말고. 어서, 빨리."

애쉬는 왠지 모르게 아이 같았다.

'왜 저렇게 들떠 있지?'

어리둥절해하면서도 한편으로는 심장이 속수무책으로 뛰어서, 레베카는 이상한 수줍음을 느꼈다.

*　　　*　　　*

"잠깐만……. 천천히 가요……."

숨이 가쁘다. 괴로워서 혀도 꼬일 것 같다.

"애쉬……! 저기요……! 애쉬……!"

드디어 애쉬가 뒤돌아보았다.

"조금만 더 가면 되니까 기운 내."

"더 이상은 안 되겠어요. 잠깐 쉬어요."

샤토 공원(11세기에 성이 있었다던, 해발 100미터 높이의 언덕 광장)에 이르는 계단은 레베카에게 한없이 길었다. 오르고 올라도 끝이 보이지 않았다.

애쉬는 얼마 안 남았다고 하지만 과연 사실일까?

'아까부터 똑같은 말만 듣는 것 같아.'

불평이 기력을 소진시켜서 끝내 발이 멈춰 버렸다.

애쉬는 성가시다는 듯 한숨을 쉬고, 계단을 성큼성큼 뛰어 내려왔다.

"누가 곱게 자란 부잣집 아가씨 아니랄까 봐. 좀 더 체력을 기르는 게 좋지 않을까?"

"하지만……."

"하는 수 없지. 자, 끌어줄 테니까 손 이리 내."

'됐어요' 라며 거절하고 싶은 마음은 굴뚝같은데 발이 말을 듣지 않는다.

어쩔 수 없이 손을 내밀자 억센 손이 꽉 쥐고 끌어당겼다.

걷는 것은 그녀의 다리다. 그것은 변함없는데 앞에서 이끌어주는 애쉬의 손 덕분에 조금 기운이 났다.

비틀거리면서 간신히 올라가니 그곳에는 절경이 펼쳐져 있었다.

"와……. 예쁘다……."

레베카는 저도 모르게 탄성이 나왔다.

바로 발밑으로 구시가지가 보인다.

오렌지 색 지붕. 파스텔 톤 외벽.

구시가지 왼쪽은 쪽빛 바다다. 하얀 해안선이 아름다운 곡선을 그리며 하늘과 맞닿아 있었다.

" '천사의 만(灣)' 이라고 불리는 이유를 알겠어요. 저곳에 정말 천사가 있을 것 같아요……."

애쉬가 만족스러운 듯 웃었다.

"어때? 고생한 보람이 있지?"

"네."

"니스에 오면 한 번쯤 꼭 들러야 할 곳이야. 보지 않고 가기엔 너무 아쉽잖아."

애쉬를 만나지 못했더라면 레베카는 이 풍경을 보지 못하고 돌아갔을 것이다. 낭비와 불합리를 싫어하는 아버지가 이 풍경을 보기 위해 애써 시간과 수고를 들일 리가 없다.

레베카는 그대로 멍하니 아름다운 풍경에 빠져들었다.

햇볕이 따가웠지만 공기가 건조해서 뜨겁지 않았다. 곶에서 불어오는 바닷바람은 오히려 시원하고 상쾌했다.

기분 좋은 한숨을 쉬는데 레베카는 아직까지 애쉬와 손을 잡고 있다는 걸 문득 깨달았다.

남자와 손을 잡은 적이 거의 없다. 연회에서 춤출 때 잡아본 게 전부인데 그조차 아버지가 가끔 데리고 갔기 때문에 손가락으로 꼽을 정도다.

잡은 손을 의식한 순간 부끄러워졌다.

아직도 계단을 오르고 있는 것처럼 가슴이 쿵쾅거렸다.

그렇다고 해서 뿌리치는 것도 실례이고…….

그렇게 안절부절못하는 마음이 전달된 건지 아닌지는 모르겠지만 갑자기 애쉬가 손을 놓았다.

조금 전까지 레베카의 손을 쥐고 있던 손가락이 구시가지 너머를 가리켰다.

"저기가 메세나 광장이고, 저쪽이 니스 역."

샤토 공원은 구시가지 동쪽에 있는 곶 정상에 있다. 이곳에서는 니스의 전경을 한눈에 둘러볼 수 있다.

"내 아파르트망은 저쯤이려나?"

유럽의 구시가지는 어디든 마찬가지로 건물이 밀집되어 있는 데다 길이 미로처럼 복잡하다. 레베카도 눈을 가늘게 뜨고 집중해서 찾아봤지만 다닥다닥 붙어 있는 지붕 가운데 하나일 거라고 추측할 뿐이었다.

"저쪽도 볼래?"

이번에는 니스 거리와 반대쪽. 샤토 공원의 동쪽이다. 그곳에는 항구가 펼쳐져 있다.

어제도 오늘 아침에도 간 곳이지만 이렇게 위에서 내려다보니 왠지 모르게 낯설었다.

애쉬가 항구 너머 더 동쪽을 가리켰다.

"저 끝은 빌프랑슈쉬르메르(Villefranche—sur—Mer)라는 도시야. 차로 십 분에서 십오 분 정도 걸릴걸? 우리 6함대의 모항이지."

그 말에 레베카는 고개를 갸우뚱했다.

"6함대? 프랑스 해군은 툴롱(Toulon)에 있지 않나요?"

툴롱은 니스 서쪽에 있는 마르세유보다 조금 가까운, 오래전부터 군항으로 번창한 도시다.

레베카의 물음이 뜻밖이었을까? 애쉬의 갈색 눈동자가

커지더니 놀리듯 말한다.

"부잣집 아가씨. 너 제법 많이 아는구나. 설마 네 입에서 그런 단어가 나오리라고는 상상도 못했어."

레베카는 울컥 화가 치밀었다.

"정말 무례하군요. 나도 지리나 역사 정도는 공부한다고요."

"6함대는 미국 해군이야. 빌프랑슈쉬르메르는 수심이 깊어서 천혜의 항구지."

"뭐예요. '우리' 라고 해서 프랑스군으로 착각했잖아요. 당신은 뼛속까지 미국에 물들었군요."

애쉬는 대답하지 않았다. 다만 재미있다는 듯 웃고 있었다.

"이제 내려갈까?"

급경사 탓에 거칠어졌던 호흡도 심장박동도 완전히 안정된 무렵 애쉬가 말했다.

"오늘은 구시가지에서 쇼핑이라도 할래?"

레베카가 눈을 반짝반짝 빛낸 것은 말할 것도 없다.

올라올 때에 비해 내려가는 것은 순식간이었다.

곧장 향한 구시가지 가게에서 망설이고 망설인 끝에 레베카는 깊게 파인 흰색 반팔 블라우스와 화려한 프로방스 무늬의 티어스커트를 샀다.

레베카가 번 약간의 돈으로 살 수 있는 정도라서 결코 비싼 건 아니지만, 남부 프랑스 특유의 밝고 자유로운 디자인이 레베카의 마음을 사로잡았다.

어쩐지 아주 오래전부터 니스에서 살아온 듯한 기분이 들었다.

레베카가 알고 있는 니스는 사실 하루하고도 반나절도 못 미친다.

사실은 애쉬와도 어제 처음 만난 것이다.

그런데 지금은 마치 어릴 적부터 친구인 것처럼 느껴졌다.

레베카는 이상한 기분에 나란히 걷는 애쉬의 옆얼굴을 훔쳐보았다.

처음 봤을 때는 동화 속 왕자님 같다고 생각했다.

곧게 뻗은 콧날. 길고 시원한 눈. 두껍지도 얇지도 않은 입술. 날렵한 턱선. 어느 부분 하나 비뚤어짐 없이 반듯하고 단정한 외모다.

그런데도 친근하게 느껴지는 것은 분명 눈동자 때문일 것이다.

갈색 눈동자에 스며 있는 눈빛이 따뜻하다. 그리고 웃으면 무척 상냥해지는 인상까지.

"왜?"

갑자기 애쉬가 이쪽으로 돌아보았다.

"내 얼굴에 뭐 묻었어?"

레베카는 당황해서 시선을 돌렸다.

창피하다. 다른 사람의 얼굴을 빤히 쳐다보다니 내가 생각해도 교양 없는 행동이다.

무안해서 아무 대답도 못하자 애쉬가 짓궂게 장난쳤다.

"혹시 나한테 반했냐?"

"네엣?!"

"어쩔 수 없겠지. 이렇게 멋진 남자를 보고 네가 반한 것도 무리는 아니지."

레베카는 어이가 없어서 미간을 찌푸렸다.

"사실이잖아."

지금까지 한 말은 취소.

'이런 사람이 왕자님일 리 없어.'

절대로.

"좋아요. 조금이지만 돈이 남아서 그쪽에게 한잔 사려고 했는데 관둘래요."

"뭐—? 어째서?"

"그만큼 자신 있다는 건 인기가 많다는 뜻이겠죠? 그 여성분들에게 대접 받으시면 되잖아요?"

말하면서도 레베카는 그런 자신에게 짜증이 났다. 뭘까, 이 기분은. 마음 한 구석이 답답하다.

그런데 애쉬는…….

"이번에는 질투야?"

"뭐라고요?"

"귀여워~"

놀림 당했다. 어린애 취급에 할 말을 잃었다.

"몰라욧!"

레베카는 고개를 획 돌리고 성큼성큼 앞서가기 시작했다.

"이봐, 같이 가."

애쉬가 따라왔다.

"내버려 둬요."

"그럴 수 없어."

'내가 돈줄이라서?'

마음 한 구석이 쿡 하고 아프다.

짜증, 답답함, 통증, 이것들은 도대체 무엇일까?

한 번도 느껴보지 못한 감정들이다.

"미안, 미안해. 농담이야. 화 내지 마."

애쉬는 멈춰 선 레베카의 얼굴을 들여다보듯 몸을 숙이고 말했다.

"그 대신 근사한 저녁을 살 테니까 용서해 줄래?"

갈색 눈동자가 상냥하게 미소 짓고 있다. 그 미소를 보니 더 이상 고집부리기가 힘들었다.

"맛있는 걸로?"

그렇게 묻자 애쉬는 활짝 웃으며 고개를 끄덕였다.

"응. 물론이지."

"맛없으면 용서해 주지 않을 거예요."

"맡겨만 주십시오, 아가씨. 애쉬님이 추천하는 가게가 맛없을 리가 없지."

'역시 지나치게 자신만만하네.'

방금 전까지 가슴속에서 소용돌이치던 이상한 느낌이 어느새 사라졌다.

그런 자신에게 당혹스러워하면서 애쉬를 따라가자 애쉬는 한 카페 앞에서 발걸음을 멈췄다.

"술은 마실 줄 알아?"

갑작스런 질문에 레베카는 눈을 깜빡거리며 대답한다.

"샴페인이라면 조금은……."

애쉬가 조그맣게 소리 내어 웃었다.

"역시 부잣집 아가씨는 달라. 여기는 그런 거 없어."

"뭐가 있는지 몰라서……."

"사과주 괜찮아?"

레베카가 고개를 끄덕이자 애쉬는 적당히 주문했다.

두 사람은 빨간색 천막 차양이 드리워진 노천석에 앉았다.

인기 있는 가게인 걸까. 좁은 길에 놓인 테이블에 빈자리가 거의 없을 정도로 손님이 찼다. 나무 테이블 위에 차양과 똑같은 새빨간 테이블 크로스를 깔아서 남부 프랑스 분위기가 물씬 풍겼다.

이윽고 요리와 음료수가 나왔다.

"먹어."

애쉬의 권유에 먼저 음료수를 마신다. 메마른 목에 상큼한 사과 향이 퍼진다.

애쉬는 무엇을 마시고 있는지 궁금해 곁눈질로 바라보자 애쉬가 들고 있는 유리잔 속에서 정체 모를 뿌연 액체가 찰랑이고 있다.

레베카의 시선을 눈치챈 애쉬가 가르쳐 주었다.

"이거? 이건 파스티스(Pastis)야."

"파스티스?"

"마셔볼래?"

레베카는 애쉬가 내민 유리잔을 받아 들고 조심스럽게 입을 댔다. 곧이어 목 안쪽에서 약냄새 같은 향과 강렬한 알코올 맛이 올라오면서 저절로 기침이 났다.

"남부 프랑스의 맛이야. 부잣집 아가씨에게는 조금 이른가?"

"콜록, 콜록! 할머니가 돼도 내 입에는 안 맞을 것 같아요."

"그럼 이건 어때? 소카(Socca)라고 하는데 병아리콩 가루로 만든 크레페 정도 되려나? 이것도 니스의 맛이야."

의심하면서 먹어보니…….

"처음 먹어보는 맛이에요."

"그래?"

"그래도 맛있어요."

"다행이네."

애쉬가 기쁜 듯 웃었다.

'그렇게 웃고 있으면 멋진데.'

레베카는 쓴웃음을 지으며 주위를 둘러보았다.

"그런데 니스는 정말 다채로운 곳이네요."

하늘의 파랑, 토마토의 빨강, 늘어선 건물은 로즈핑크, 레몬옐로우, 페퍼민트그린 등 선명한 색에 곁들여진 옅은 색의 배합이 무척 귀엽다.

"이 주변은 프랑스라기보다는 이탈리아 분위기가 나."

사실 니스는 한때 이탈리아 영토였다. 이탈리아 독립전쟁에 협력한 답례로 프랑스에 양도된 것은 19세기의 일이고, 제2차 세계대전 중에는 무솔리니의 지배하에 있었다.

"이탈리아에 가본 적 있어요?"

그렇게 묻자 애쉬가 고개를 끄덕였다.

"있어. 몇 번."

"혹시 그것도 군대 생활의 일부였어요?"

"설마. 틀렸어. 일 때문이야, 일."

"일? 짐꾼?"

애쉬는 그 이상 아무것도 말하지 않았지만 생각해 보니 니스에서 이탈리아 국경까지 사십 킬로밖에 떨어져 있지 않다. 마음 내키면 당장에라도 갈 수 있는 거리다.

그래도 궁금했다.

레베카는 애쉬에 관해서 거의 모른다.

미국을 동경하고 음악을 좋아한다. 복싱을 배운 적이 있고, 한동안 군대에 있었다. 지금은 항구에서 짐꾼으로 일하고 구시가지 변두리에 있는 허름한 아파르트망에서 혼자 살고 있다.

알고 있는 건 대략 이 정도.

이름도 '애쉬' 라는 것 외에는 아무것도 듣지 못했다.

애쉬.

프랑스어에는 없는 이름인데 아마도 별명이겠지. 프랑스어로 '애쉬' 는 알파벳 'H' 의 발음이다. 혹시 본래 이름은 '앙리(Henri)' 나 '유베르(Hubert)' 인가?

아니면 '애쉬' 는 성?

미국 신봉자인 애쉬라면 영어로 쓸 가능성도 있다.

영어로 '애쉬' 는 '재[Ash]' .

하지만 애쉬는 머리칼도 눈동자도 갈색이지 회색이 아닌데…….

이런저런 생각에 잠겨 있는데 갑자기 애쉬가 입을 열었다.

"내일 그라스에 갈까 싶은데."

"앗, 정말요?"

"응. 차가 준비됐어. 휴가도 받았고. 내일 오전 중에 출발하자."

갑작스런 소식에 가슴이 두근대기 시작했다.

내일, 드디어 내일.

레베카의 소원이 이루어진다.

흥분을 감추지 못하고 고개를 숙인 레베카의 얼굴을 들여다보듯 가까이 다가온 애쉬가 나지막이 말했다.

"이제 그만 그라스에 가는 목적을 말해줬으면 좋겠는데."

"아…… 나는……."

"어머니와 약속을 지키러 간다고 했었지. 약속할게. 도와줄 거야. 그 때문에라도 가르쳐 주지 않겠어?"

'괜찮을까?'

레베카는 스스로에게 물었다.

'애쉬에게 이야기해도 될까?'

주저하는 것은 애쉬를 믿지 않아서가 아니다. 그것이 자신의 마음속 가장 연약하고 상처 받기 쉬운 부분이라는 걸 잘 알고 있기 때문이다.

털어놓으면 돌이킬 수 없을 것 같은 기분이 든다.

더 이상 예전의 내가 아닐 것 같아서 조금 두렵다…….

하지만 그 망설임을 씻겨 내려가게 만든 건 애쉬의 갈색 눈동자.

때때로 짓궂은 빛을 띠기도 하지만 그 눈빛은 언제나 따뜻하다.

"……그렇다면 먼저 엄마 이야기부터 할게요."

그렇게 말하자 애쉬의 얼굴에 웃음이 떠올랐다.

상냥한 웃음. 굳게 걸려 있던 마음의 빗장이 조금씩 열리고 있다.

"엄마는 내가 어렸을 때 돌아가셨어요."

"가엾게도. 병환이었나?"

"네."

"그렇구나……. 힘들었겠네."

애쉬의 위로에 희미한 웃음으로 답하고 레베카는 이야기를 이어갔다.

"엄마의 눈동자는 보라색이었어요. 무척 예쁜 사람이었다고 하더군요."

엄마와 보낸 날들은 너무 오래전 일이라 기억조차 어렴풋하지만, 그 다정한 보랏빛 눈동자만큼은 지금도 선명하게 기억하고 있다.

"네 눈동자도 보라색이야."

속삭이듯 애쉬가 말했다.

"어머니와 닮았구나."

그럴지도 모른다. 하지만…….

"그런가요? 난 모르겠어요."

"왜?"

"엄마가 돌아가신 직후에 아버지가 엄마의 사진을 전부 버렸으니까요."

그뿐이 아니다. 아버지는 드레스도, 소지품도, 추억도, 엄마에 관한 것은 뭐가 되었건 전부 버렸다.

"설마……. 진짜로?"

애쉬는 말문이 막힌 듯했다.

레베카는 개의치 않고 이야기를 이어갔다.

"아마도 아버지에게 엄마는 걸림돌이었을 거예요. 그 증거로 아버지는 엄마가 돌아가시자마자 새 아내를 맞이했어요."

"그래서…… 너는……?"

"어쩔 도리가 없었어요. 아버지의 말은 절대적이라서 반항 따윈 꿈도 못 꿨으니까요. 나는 받아들일 수밖에 없었죠."

그렇다. 언제나, 무슨 일이나.

"하지만 오해하지 말아요. 카트린느는 좋은 사람이에요. 아, 카트린느는 아버지의 두 번째 부인이에요."

"그러니까, 새어머니?"

"네. 맞아요. 나를 낳아주신 엄마와 다르게 카트린느는 젊고 건강했고, 카트린느와 아버지 사이에서 태어난 이복 남동생인 도나티앙도 나를 '누나'라고 부르며 따랐죠. 나는 카트린느도 도나티앙도 좋아해요. 하지만……."

그 집에 레베카의 자리는 없다.

아버지와 카트린느와 도나티앙, 이렇게 세 사람만이 가족이고, 자신은 언제나 겉도는 느낌이 들었다.

필요 없는 딸.

아버지에게는 아무 도움이 되지 못하는 딸보다 백작의 자리를 이을 아들이 소중하다는 걸 이해하면서도, 자신이 외톨이라고 생각하면 숨이 막혔다.

"아버지에게는 나도 걸림돌이에요."

이미 지난 일들인데도 레베카는 다시 상처받았다.

"그래서 이번에는 나를 멀리 시집보내려 해요. 미국인과 결혼시켜서 미국으로 보낼 작정인가 봐요. 그러면 내 얼굴을 보지 않고 살 수 있겠죠."

미국 신봉자 애쉬는 다소 곤혹스러운 표정을 지었다.

"미국인이 그렇게 싫어?"

레베카는 가볍게 고개를 저었다.

"모르겠어요. 본 적도 없는 사람인걸요. 부자라는 것밖엔 몰라요."

"이름은? 나이는? 사진 정도는 봤을 거 아니야."

"그런 건 알고 싶지도 않아요. 아는 거라곤 그 사람의 성이 레이놀즈라는 것뿐이에요."

기가 막히다는 듯 애쉬가 어깨를 으쓱했다.

"나 원 참. 너란 애는……."

그러나 누가 뭐래도 싫은 건 싫은 거다. 어떤 사람인지 아는 순간 현실이 한꺼번에 밀려와 레베카의 어깨를 짓누를 것 같아서 상상하기도 싫다.

"이야기가 잠깐 샜네요."

레베카는 마음을 다잡고 애쉬의 얼굴을 봤다.

"그게 그러니까…… 내가 그라스에 가려는 건 엄마에게 향수를 선물한 사람을 알고 싶어서예요."

"향수?"

"네. 돌아가시기 직전이었어요. 엄마는 아직 어린 나에게 향수병을 건네며 말했어요. '이건 엄마가 이 세상에서 가장 사랑한 단 한 사람이 엄마를 위해 만들어준 향기란다'라고요. '레베카에게 줄게. 언젠가 그 사람에게 엄마가 이 세상에서 제일 사랑했다고 부디 전해주렴' 이라고……."

으음 하고 애쉬가 낮게 신음한다.

"상식적으로 생각해 보면 네 아버지가 아닐까?"

"그럴 리 없어요."

레베카는 애쉬의 말을 단호하게 부인했다.

"엄마가 돌아가신 뒤, 엄마에 대한 아버지의 태도를 생각하면 아버지가 엄마를 사랑했다고 볼 수 없고, 엄마도 그런 아버지를 사랑하지 않았을 거예요."

"그런가."

"그래요. 아버지가 병상에 누워 있는 엄마를 보러 온 적도 거의 없었는걸요. 엄마도 아버지를 만나고 싶어 하지 않았어요. 처음부터 두 분 사이에 사랑 따윈 없었던 거예요."

아무래도 대꾸할 말이 없었을 것이다. 애쉬는 입을 다물어 버렸다.

바짝바짝 타들어가는 마음을 억누르지 못하고 레베카는 입술을 깨물었다.

"아무튼… 난 엄마와의 약속을 지키고 싶어요……."

아버지가 아닌, 엄마가 진정 사랑했던 사람에게 엄마의 마음을 전하고 싶다.

"엄마는 자신을 위해 만든 향수라고 했어요. 아마도 시판되지 않은 맞춤 향수일 거예요. 그라스 공장에서는 주문이 들어오면 그 사람에게 맞춰서 세상에서 하나뿐인 향수를 만들어준다면서요."

"그래서 그라스에 가는 거야?"

"맞아요. 공장에는 레시피가 전부 남아 있다고 들었어요. 혹시 그 가운데 엄마 이름이 있을지도 몰라요. 아니요. 분명히 있을 거예요."

애쉬가 떨떠름한 표정을 지었다.

생각보다 훨씬 번거로운 일이라는 걸 알고, 무턱대고 레베카의 가이드를 자처한 것을 후회하고 있을지도 모른다.

그렇다고 해도 이제 되돌릴 수 없다.

그라스에 가야 한다. 그곳에 미래가 있다.

3장

다음 날 아침—

레베카는 평화롭게 눈을 떴다.

마음 한쪽은 '그라스에 간다, 그라스에 간다' 라고 들떠 있는데 다른 한쪽은 매우 차분했다.

레베카는 어제 산 흰 블라우스와 프로방스 무늬 치마로 갈아입고 여행 가방에서 엄마의 유품을 꺼냈다.

하나는 엄마가 건네준 향수병이다.

여체를 닮은 곡선, 그것과 또렷하게 대비되는 가느다란 입구. 그 풍만함이, 금방이라도 바스러질 듯한 꽃잎 장식이, 화려하고 사랑스러우면서도 어딘지 모르게 관능적인 느낌을 풍겼다.

다른 하나는 보라색 드레스다.

이 드레스는 레베카에게 유일하게 남은 엄마의 드레스다. 아버지가 엄마의 물건을 전부 처분할 작정이라는 것을 안 레베카는 몰래 엄마의 방에 들어가 겨우 이 드레스 한 벌만 가지고 나왔다.

드레스를 만지자 어렴풋하던 엄마와의 추억이 조금이나마 선명해지는 것 같았다.

그 선룸에서 엄마는 늘 정원을 바라보고 있었다.

엄마의 보라색 눈동자에는 어떤 꽃이 비쳤을까? 그리고 엄마는 누구와 그 꽃을 봤던 걸까?

"엄마……."

나지막이 엄마를 불러보는데 조심스럽게 노크하는 소리가 들렸다.

"준비 다 했어?"

"네."

레베카는 여행 가방에 보라색 드레스를 가지런히 개켜 넣고, 손에 향수병 하나만 든 다음 문을 열었다.

레베카가 손에 든 물건을 보고 애쉬가 물었다.

"그게 어머니의 향수?"

"맞아요."

"비었어?"

"네. 하지만 향기는 똑똑히 기억하고 있어요. 제비꽃 향이에요."

엄마의 눈동자 색과 같은 제비꽃 향기.

"그럼, 슬슬 가볼까?"

앞장서서 집을 나가는 애쉬를 레베카가 뒤따랐다.

"잠깐만요. 그 전에 전화를 걸고 싶은데 어디 빌릴 만한 곳이 있나요?"

"전화?"

"네. 호텔에 아직 뒤퐁 부인이 있을 거예요. 아버지에게 남기고 싶은 말을 부탁하려고요."

애쉬는 무언가 할 말이 있어 보였지만, 아파르트망 관리인에게 부탁해서 전화를 쓸 수 있게 해주었다.

레베카는 검은 수화기를 들고 그제까지 머물렀던 호텔에 전화를 걸었다.

정직하게 레베카 뒤누아에라고 이름을 대자 호텔 교환수는 놀란 기색도 없이 바로 방으로 연결해 주었다.

레베카가 실종된 사실을 모르는 모양이다.

역시 아버지는 숨기고 있다. 레베카가 가출했다는 사실을 호텔 사람들에게도 비밀에 부친 것이다.

'아버님이라면 가능한 일이야.'

무엇보다 귀족으로서의 체면을 중요하게 여기는 아버지다. 뒤누아에가의 영애가 가출했다는 불명예스러운 추문이 남의 입에 오르내리는 상황이 싫었을 것이다.

아니면 레베카를 찾고 있지 않을 수도 있다. 곰곰이 생각해 보니 어제도 그제도 니스 거리를 활보하고 다녔는데 누군가가 자신을 찾는 낌새를 느끼지 못했다.

'역시 아버님은 내가 어떻게 되든지 상관없는 거야.'

회선이 연결되는 잡음이 아득히 멀게 들렸다.

애쉬의 아파르트망에서 호텔까지는 걸어갈 수 있는 거리다. 기껏해야 십 분에서 십오 분 이내. 그 정도면 충분히 도착할 것이다.

그런데 그곳과 이곳은 전혀 다른 세상 같았다.

반대편 회선에서 수화기를 드는 기척을 느끼고 레베카는 숨을 가볍게 들이마신 뒤 끈적이는 목 안쪽에서 목소리를 끌어올렸다.

"레베카예요."

그런데 들려온 것은…….

"레베카?"

뒤퐁 부인이 아니다.

낮게 깔린 목소리. 감정이 없는 엄격한 울림.

"아버님……."

"지금 어디에 있느냐?"

아버지의 목소리는 차갑고, 그리고 일말의 동요도 없다.

가출한 딸에게 전화가 걸려왔는데도 이렇게 차분할 수

있는 걸까? 평범한 부모라면 허둥대는 게 당연한 일 아닌가?

'역시 아버님은 나 따윈…….'

마음이 돌로 변한 기분이 들었다.

딱딱해지고 굳어서 아무것도 느껴지지 않는다.

"……제가 어디에 있든 아버님과는 상관없는 일 아닌가요?"

이렇게 대답하는 것이 고작이었다.

아버지의 무미건조한 목소리가 귀를 파고들었다.

"돌아오너라. 네 멋대로 뛰쳐나가다니 이제 만족스러우냐?"

"저는……."

"지금 무슨 짓을 저지른 건지 알고는 있느냐? 내 딸이지만 너무 부끄럽고 한심하구나. 이래서야 레이놀즈 씨를 대할 낯이 없어."

결국 그랬다.

아버지는 레베카의 말 따윈 들어주지 않는다. 레베카의 생각을 알려고 하지 않는다.

그런 사람에게 '내 딸'이라는 말을 듣고 싶지 않다…….

"……전 돌아가지 않겠어요."

"레베카?"

"전 이제 당신의 딸로 살지 않겠어요."

"레베카… 너 대체 무슨 말을……."

"어차피 저는 필요 없잖아요? 나는 방해만 되잖아요? 그러니 사라져 드릴게요."

전화기 너머로 아버지가 숨을 삼키는 기척이 들렸다.

지금까지 순종적이었던 딸의 반항에 아버지는 지금 격앙되어 있음이 분명하다. 그야말로 말도 나오지 않을 정도로.

"안녕히 계세요. 아버님이었던 분. 그만 저를 놓아주세요."

자신이 지금 인생에서 가장 싸늘한 목소리로 말하고 있다는 걸 레베카는 깨달았다.

"저는 당신의 인형이 아니에요."

"레베카. 나는……."

아버지가 무언가를 말하려 했다.

더는 할 말이 없다. 무엇보다 아버지의 목소리를 듣고 싶지 않다.

레베카는 귀에서 잡아떼듯 수화기를 내려놓았다.

통화가 끊기고 아버지와의 인연도 끊어졌다.

바로 옆에 있던 애쉬에게 통화 내용이 전부 들렸겠지.

"괜찮아?"

그 목소리가 걱정하고 있는 것처럼도 놀라고 있는 것처럼도 들렸다.

"괜찮아요."

레베카는 차갑게 대꾸했다.

"이런 상황에서도 그 사람은 아직도 내가 자기 뜻대로 될 거라고 생각해요. 아무것도 모르고 있어요."

"하지만……."

"그것보다 어서 가요. 우리 차는 어디 있어요?"

그런데—

아파르트망 바로 뒤 큰길에 주차된 차를 보고 레베카는 인상을 찌푸렸다.

"이봐요. 이게 뭐예요? 이 차, 움직이기는 해요?"

둥그스름한 몸체. 우아한 라인.

하지만 도색은 바랜 데다 군데군데 녹슬었다. 게다가 문에는 어디서 부딪혔는지 움푹 파인 자국까지 있었다.

레베카의 걱정은 아랑곳하지 않고 애쉬는 매우 만족스러운 눈치였다.

"시트로엥 트락시옹 아방. 프랑스가 낳은 명차야."

그야 그럴지도 모르지만…….

"지금은 지난날의 영광일 뿐이겠지요."

"알았어. 알았으니까 얼른 타기나 해."

"정말 괜찮은 거예요?"

"맡겨두라고."

겁먹은 레베카가 차에 타자 애쉬는 조수석 문을 닫은 뒤, 자신도 운전석에 앉아 시동을 걸었다.

외항 여객선에 비하면 턱없이 작은 자동차 주제에 그 못지않은 소리가 난다. 고물이라 생각해서인지 뼈대도 덜거덕거리는 것 같았다.

"자. 출발!"

"앗? 아앗? 어어어어어어어!"

고물 시트로엥은 요동을 쳤다. 까딱하면 혀를 깨물 뻔했다.

그러나 속도가 올라가면서 차츰 안정되기 시작했다. 아무래도 출발할 때가 가장 흔들리는 모양이었다.

"휴. 혼이 쏙 빠질 지경이네요."

레베카가 투덜거리자 애쉬가 웃었다.

"괜찮아. 이래 봬도 꼼꼼하게 점검했어."

"설마 그쪽이 했어요?"

"물론이지, 라고 말하고 싶지만 프로에게 맡겼으니까 안심하시게나."

'뭐가 '안심하시게나' 야!'

세상에서 자기가 못하는 일은 출산뿐이라고 큰소리친 게 누군데.

'하여간 엉터리라니깐.'

불평을 늘어놓지만, 속마음은 이상하게도 수줍다.

'정말 이상한 사람이야…….'

애쉬와 있으면 왠지 모르게 마음이 평온해진다.

금세 바다가 나타났다.

"아, 시원해."

바닷바람을 맞으며 해안도로는 달리는 기분은 더할 나위 없이 상쾌했다.

칸까지는 이대로 해안도로가 이어진다.

얼마 동안은 이 아름다운 쪽빛 바다와 반짝이는 바닷바람을 즐길 수 있을 것 같았다.

*　　　*　　　*

그라스는 중세부터 이어져 내려온 향수의 도시다.

온난한 기후. 남향에 자리한 양지바른 경사지. 배수가 잘 되는 석회질.

그라스는 라벤더, 재스민, 오렌지, 미모사 등 향이 좋은 식물이 자라는 데 적합한 환경이 갖추어져 있다. 왕가의 장려도 있었고, 식물들은 예부터 활발하게 재배되어 왔다고 한다.

향수가 산업으로 발전한 시기는 대략 18세기 후반.

그 무렵 그라스의 주요 산업은 양가죽 가공이었다.

그라스에서 만들어진 가죽은 품질이 좋고 매우 부드러웠다. 특히 가죽 장갑은 파리 사교계에 모이는 상류층 귀부인들에게 인기가 높았다고 하는데, 다만 한 가지 문제가 있었다.

바로 가죽 냄새.

가죽 장갑은 멋있었지만, 벗은 뒤 손에 가죽 냄새가 배는 점이 귀부인들의 불만을 샀다.

그래서 한 직공이 장갑에 향수를 뿌리는 방법을 생각해 냈다.

향수를 뿌린 장갑은 선풍적인 인기를 끌었고, 그라스를 향수의 도시로 세상에 알리는 계기가 되었다.

그 후 그라스의 가죽 산업은 다른 지역의 경쟁력이 향상된 까닭에 쇠퇴했지만, 이와 반대로 향수 산업은 꾸준히 발전해 왔다.

현재 그라스는 세계에서 제일가는 향수 도시로 이름을 떨치고 있다.

"그런데 이렇게 외진 곳일 거라고는 생각지 못했어요."

레베카는 비명을 질렀다.

"완만한 언덕 같은 곳일 거라고 생각했는데!"

레베카 옆에서 핸들을 잡고 있는 애쉬가 웃었다.

"유감스럽게도 그라스까지 가는 산길은 한참 남았어."

"이제 산길은 지긋지긋해요."

"커브가 많으니까 꽉 잡아."

"꺄아아아아!"

니스에서 칸까지 가는 해안도로는 쾌적했다.

칸에서 그라스까지는 이십 킬로미터 남짓.

가까운 거리라서 쉽게 도착하리라고 대수롭지 않게 여겼는데, 설마 이렇게 험한 길일 줄이야.

"으으, 속이 매스꺼워요……."

"앗? 멀미하는 거야? 괜찮아?"

"괜찮지 않아요. 토할 것 같아……."

"뭐라고오오오오옷?!"

차를 타본 적도 별로 없고 탔다고 해도 짧은 거리였다. 더군다나 이런 산길은 난생처음 겪어보는 것이다.

"일, 일단 속도를 줄여서 천천히 달릴게."

"부탁해요……."

"창문을 열어. 바람을 쐬면 한결 나아질 거야."

"네……."

약 이십 킬로미터의 길을 느릿느릿 달려서 간신히 그라스의 마을에 도착했을 때, 레베카는 너덜너덜한 천 조각처럼 처참한 몰골이었다.

"으으……. 죽다 살아났네."

고물 트락시옹 아방 옆에 쭈그리고 앉아 있는데 애쉬가 걱정스러운 듯 등을 쓸어내렸다.

"괜찮아? 얼굴이 창백해."

"괜찮아요……."

삼 분만 늦게 도착했으면 뒷일은 장담할 수 없었겠지만.

"일어설 수 있겠어?"

"네."

애쉬는 한손으로는 레베카의 손을 잡고, 다른 쪽 손으로는 등을 받쳐 주었다.

미국 신봉자에 불량배인 주제에 애쉬의 에스코트는 의외로 섬세했다.

여자를 다루는 데 능숙한 사람일지도 모른다.

머릿속으로 그렇게 생각한 순간 마음 한 구석이 아릿해져 왔다.

애쉬는 키도 크고, 잘생겼고, 상냥한 미소가 무척 매력적이다.

애쉬에게 관심을 갖거나 호의를 보이는 여자가 제법 많을 것 같았다.

하지만 그런 건 레베카와 아무 상관 없는 일인데…….

"의외로 평범한 도시네요."

좁은 도로. 석조 건물이 늘어선 도시. 남부 프랑스에 흔한 구시가지의 분위기.

"꽃이 만발한 정원이 곳곳에 있고, 꽃밭이 펼쳐져 있을 거라 생각했어요."

애쉬가 산기슭을 가리켰다.

"꽃밭은 저쪽 같은데."

"그래요?"

"큰길가에서 보이지 않을 뿐 정원도 많아. 이를테면 저 저택. 뒤편에 엄청 아름다운 정원이 있다고 해."

레베카는 애쉬가 가르쳐 준 쪽을 보았다. 어느 나라 귀족의 별장일까? 석조 파사드(건물 정면부)가 웅장하고 화려해서 그 내부를 짐작조차 하기 어려웠다.

"치사하네요. 혼자서 전부 차지하다니."

"하지만 향기는 가릴 수 없지."

애쉬의 말에 레베카는 심호흡을 한다.

어디에선가 달콤한 향기가 풍겨온다. 무슨 향기지? 재스민은 아직 필 때가 아닌데. 오렌지 향기인가?

"왠지 득 본 기분이야."

가슴 가득 달콤한 바람을 들이마시며 레베카가 중얼거리자 애쉬가 장난기 가득한 눈으로 레베카를 보았다.

"부잣집 아가씨 주제에 궁상맞은 소리를 하는군."

"나 좀 내버려 둘래요?"

소리 내어 웃는 애쉬를 다소 괘씸한 기분으로 올려다본 레베카는 어느새 산길을 오느라 메슥거리던 속이 가라앉았다는 걸 깨달았다.

심호흡 때문인가? 그라스의 달콤한 향기 바람 덕분인가?

아니면…….

답답함이 심해졌다.

멀미와는 별개의 응어리.

레베카는 마음속 응어리의 정체를 알지 못한 채 걷기 시작했다.

그라스에는 유서 깊은 향수공장이 있다. 그 가운데 몇 곳에서는 주문을 받아 맞춤 향수를 만든다.

미리 조사해 놓은 공장에 가서 간판 아래 유리문을 밀었다.

문을 열자마자 그윽한 향기가 온몸을 감쌌다.

정원에서 풍겨오는 옅은 꽃향기가 아니다.

더 농밀하고 농축된 방향(芳香).

"실례합니다……."

레베카는 약간 얼었지만, 점원에게 다가가서 씩씩하게 물었다.

"저…… 향수를 찾고 있는데요."

점원이 미소 지었다. 몇 살이나 되었을까? 새어머니인 카트린느와 비슷한 나이일까? 생김새도 닮은 기분이 든다. 친절한 눈빛에 긴장이 조금은 풀렸다.

"숙녀분이 쓰실 향수인가요? 찾는 향이 따로 있으신가요?"

레베카는 당황해서 작게 고개를 저었다.

"아니요. 그게 아니라……."

서둘러 엄마의 유품인 향수병을 꺼낸다.

“저…… 이 병을 본 적이 있으세요?”

점원은 레베카가 내민 작은 병을 받아 들고 유심히 살펴보았다.

“음…… 아르누보네요. 라리크(프랑스의 유명한 유리세공회사)이려나? 아름답군요.”

“어머니의 유품이에요.”

“돌아가셨나요?”

“네. 어렸을 때.”

점원의 친절한 눈빛이 어두워졌다.

“가엾어라…….”

“그래서 이 향수를 찾고 있어요. 기억나는 게 있으신가요?”

점원이 미간을 찡그렸다.

“특별 제작한 병인 것 같아요. 저희 회사에서도 맞춤 향수를 주문하는 고객들을 위해 이런 병을 판매하고는 있지만, 그것도 여러 해가 지난 일이라서…….”

“그렇군요…….”

“병이 비었네요?”

“네. 원래 아주 조금 남아 있던 터라…….”

엄마가 돌아가시고 난 뒤 레베카에게는 이 향기가 곧 엄마였다. 슬프거나 괴로운 일이 있을 때마다 향수병의 마개를 열고 엄마의 향기에 둘러싸여 자신을 위로했다.

“아니요. 괜찮습니다. 시간이 지나면 향기가 변하거든요. 단서는 되지 않을 것 같아요.”

레베카가 낙담한 걸 눈치챈 걸까. 점원의 목소리가 다정하다.

“어떤 향기였습니까? 기억하십니까?”

“똑똑히 기억하고 있어요. 제비꽃이었어요. 제비꽃 향기.”

엄마의 눈동자 색과 똑같은 제비꽃.

“제비꽃……. 제비꽃, 이라고요. 우선 장부를 조사해 보지요. 어머님의 성함이?”

“아이리스예요. 아이리스 르네.”

아이리스 르네. 아버지와 결혼하기 전 엄마의 이름이다.

“아마 1920년대쯤일 거예요…….”

“알겠습니다.”

점원이 안쪽 선반에서 두꺼운 장부를 가지고 왔다.

이 가게에서 맞춤 향수를 제작한 고객의 명단일 것이다.

그 장부에는 고객의 이름과 연락처, 제작한 향수의 레시피 등이 빠짐없이 기록돼 있음이 분명하다.

“손님이 찾으시는 성함은 없는 듯합니다.”

“그런가요…….”

“더 알고 계신 것은 없나요?”

레베카는 힘없이 고개를 저었다.

"도움이 되어드리지 못해 죄송합니다."

"아니에요. 저야말로 폐를 끼쳤습니다."

"뭔가 생각하는 게 있으시면 언제든 들러주세요."

"감사합니다."

어떻게든 웃는 얼굴을 보이고 싶었지만, 마음이 가라앉는다.

쉽게 찾을 수 있을 거라 생각했다.

그라스는 세계 제일의 향수 도시. 이곳에 오면 반드시 단서가 있으리라 믿었는데…….

하지만 장부에 엄마의 이름이 남아 있을 것이라고 확신하기 어려웠다.

엄마가 사랑한 그 사람이 향수를 만들어서 엄마에게 보냈다고 하면 장부에는 그 사람의 이름이 남아 있을 테고, 그 사람이 누군지 모르는 레베카가 그것을 찾을 수 있을 리 없었다.

비슷한 향기의 향수를 만들 수만 있다면 그것과 유사한 레시피 중에서 상대를 유추하겠지만, 후각이 뛰어나지 않은 레베카에게는 불가능한 일이었다.

처음부터 무리였던 건 아닐까? 순진한 내가 너무 쉽게 생각하고 있었나?

'불가능한 일일까?'

나는 엄마와 약속을 지키지 못하는 걸까?

눈에 띄게 풀이 죽은 레베카를 위로하려는 듯 애쉬가 레베카의 어깨를 툭 쳤다.

"왜 이렇게 풀이 죽었어? 이제 첫 번째 가게라고."

"하지만……."

"기운 내. 그라스에는 향수가게가 아직 많이 남았어. 모조리 돌아다니면 단서를 발견할지도 모르잖아? 포기하기엔 너무 이른 거 아니야?"

그 목소리를 듣고 있자니 바닥까지 가라앉은 기분이 조금은 올라왔다.

'애쉬는 코트다쥐르의 반짝이는 태양 같아.'

애쉬의 목소리는 밝고 그 갈색 눈동자는 상냥하다.

같이 있기만 해도 어느새 마음이 따뜻해진다.

레베카는 처음으로 애쉬가 옆에 있어서 다행이라고 생각했다.

혼자였다면 그라스에 오기조차 쉽지 않았을 것이다.

설령 힘들게 찾아왔다 하더라도 첫 번째 향수가게만 방문하고, 쉽게 성과를 얻을 수 없다는 데 낙담하고 절망하고 좌절해 포기했을지도 모른다.

이렇게 격려하고 지지해 주는 누군가가 곁에 있다는 것은 소중하다.

그것이 애쉬 같은 사람이라면 더더욱.

"……고마워요."

들릴 듯 말 듯한 목소리로 인사를 하자 애쉬는 처음에는 놀랐는지 눈을 동그랗게 뜨더니 이내 상냥하게 웃는 얼굴이 되었다.

"됐어. 인사 따윈."

레베카는 기운을 차렸는지 농담을 건넸다.

"내가 그쪽 돈줄이라서요?"

"그것도 있지만……."

애쉬가 얄밉게 코웃음을 쳤다.

"부잣집 아가씨가 너무 솔직하면 그건 그거대로 기분 나쁘잖아."

"너무해욧!"

흥 하고 고개를 돌려 애쉬를 두고 혼자 걷기 시작했지만, 레베카는 이미 알고 있었다.

이런 가벼운 농담도 모두 레베카를 위한 것임을. 레베카의 기분을 풀어주려고 일부러 그러는 것이다.

그리고 이미 레베카는 애쉬와 티격태격하는 대화를 즐기고 있었다.

아주 많이…….

문득 레베카는 조금 전의 답답함이 사라졌다는 걸 깨달았다.

'어떻게 된 걸까? 나…….'

마음은 전에 없이 포근했다.

*　　　*　　　*

노을이 올리브 밭을 주홍빛으로 물들였다.

산기슭은 기온이 일찍 내려간다. 해가 기울자마자 서늘한 바람이 불어와 레베카는 자기 몸을 감싸듯 움츠렸다.

겉옷이나 스카프를 챙겨올 걸 그랬다.

그 정도는 니스에서 출발할 때 생각했어야 했는데…….

나는 왜 이 모양일까?

매번 나중이 되어서야 '이렇게 하는 게 나았을까?', '저렇게 해야 할까?' 하고 후회하거나 망설인다.

혼자서는 아무것도 하지 못한다.

작게 한숨을 쉬자 애쉬가 말했다.

"추워?"

레베카는 고개를 끄덕였다.

"네. 조금……."

"뒤에 무릎담요가 있어. 상관없으면 덮어."

"고마워요. 그렇게 할게요."

뒤를 돌아 무릎담요에 손을 뻗었다.

트락시옹 아방이 일으키는 흙먼지 너머로 그라스의 언덕이 점점 멀어졌다.

향수의 도시, 그라스.

그곳에 가면 쉽게 단서를 찾으리라 생각했던 자신이 바보였을지 모른다.

엄마가 돌아가신 것은 이미 십 수 년도 지난 일이다.

그 뒤로 세계는 급격하게 변했다.

제2차 세계대전이 일어나 유럽 대부분의 나라가 파시즘의 광풍에 휘말렸고, 그라스는 무솔리니에게 지배당했다.

전후 혼란기를 극복하고 지금 프랑스는 고도성장시대에 들어서려 하고 있다.

극심한 인플레이션. 무역 확대. 공산주의와의 대립. 노동분쟁.

갖가지 문제가 차례차례 터져 나오는 역사의 과도기에 하찮은 향수 따위를 누가 기억하겠는가.

레베카의 표정이 어둡다는 걸 눈치챈 걸까? 애쉬가 더욱 쾌활한 목소리로 말했다.

"돌아갈 때는 칸이 아니라 카뉴쉬르메르(Cagnes—sur—Mer)로 빠져서 가자."

카뉴쉬르메르(Cagnes—sur—Mer).

오늘 아침 그라스에 올 때 지나온 해안 마을이다.

"카뉴쉬르메르에서 니스까지는 십 킬로미터가 조금 안 되니까 저녁 식사 전까진 도착할 수 있을 거야."

애쉬의 말에 답할 생각도 없이 레베카는 입을 다물고 있다.

아직도 우울해하는 레베카에게 질린 건지 애쉬가 가볍게 어깨를 으쓱했다.

"기운 내. 아직 찾지 못한 건 아니잖아."

그 뒤로도 애쉬와 함께 그라스에 있는 향수공장을 한 군데도 빠짐없이 들렀다. 다리가 퉁퉁 부을 때까지 열심히 돌아다녔는데도 아무런 단서를 발견하지 못했다.

"역시 무리였어……."

생각이 혼잣말이 되어 툭 튀어나왔다.

"쉽게 찾을 거라 생각한 내가 생각이 짧았어."

"이봐이봐이봐."

애쉬가 미간을 찌푸렸다.

"무슨 말을 하는 거야? 어머니와의 약속을 지키려던 게 아니었나?"

"못 찾을 거예요."

"왜 그렇게 단정 짓지? 오늘 돌아다닌 큰 공장에서는 네 어머니의 향수를 발견하지 못한 건 맞아. 하지만 그라스에는 작은 가게도 얼마든지 있다고. 전부 다녀본 것도 아니면서 왜 벌써 포기하는 거야?"

"왜냐하면……!"

쥐어짜 낸 목에서 비명 같은 새된 목소리가 흘러나왔다.

"대체 나보고 어떻게 찾으라는 거죠? 엄마는 그 사람 이름조차 가르쳐 주지 않았어요. 사실은 나한테도 말하기 싫었던 거라고요."

입 밖에 꺼내니 그것이 진실처럼 느껴졌다.

레베카는 무엇보다 소중한 '약속'이라고 생각했다. 하지만 엄마에게는 울고 있는 레베카를 달래기 위한 임시방편이었을지도 모른다.

그런데 애쉬는 단박에 부정했다.

"그렇지 않아. 분명 네가 쉽게 떠올릴 만한 사람일 거야. 그래서 굳이 이름을 말하지 않았던 거야."

"내가 아는 사람? 누구?"

"그걸 내가 알 리 없잖아."

"……."

"너는 지금 난관에 부딪혔고 그 괴로움에서 도망가려 하고 있어. 네가 보고 싶은 현실만 지어내서 자신을 이해시키려 하고 있다고. 마음은 이해하지만 그래서는 아무것도 해결되지 않아. 도망가기만 하면 한 발짝도 앞으로 나아가지 못해."

어쩐지 차갑게 버림받은 기분이 들었다.

애쉬는 짓궂은 말을 많이 한다. 비위를 건드리는 말도.

하지만 지금까지 애쉬가 아무리 놀리거나 비웃어도 이런 기분이 든 적은 없었다.

상냥한 갈색 눈동자는 언제나 따뜻하게 레베카를 지켜봐 주었는데—

"그쪽이 뭘 알아요!!"

정신이 들었을 때는 이미 소리를 지르고 있었다.

"그쪽이 나에 대해 무엇을 안다는 거죠? 아무 관계도 없는 주제에 강압적인 말투로 나에게 이래라 저래라 지시하지 말아요."

"나는……."

"처음에 약속했죠? 그쪽은 가이드, 나는 고용주. 그걸 잘 구분하는 게 조건이었을 텐데요."

애쉬가 입을 굳게 다문다.

그럼에도 레베카는 멈추지 않았다. 정확히 말하자면 멈출 수 없었다.

"애초에 왜? 어째서 나에게 포기하지 말라고 하는 거죠?"

"……."

"목적이 뭐예요? 돈? 그렇군요. 내가 엄마와의 약속을 지키지 못하면 당신도 성공 보수를 받을 수 없으니까요."

감정이 단숨에 북받쳐 오른다. 옳은 것. 옳지 않은 것. 통제하기 어려울 만큼 뒤섞여 있는 그것들을 하나하나 가려내기가 어렵다.

두 사람 사이에 무거운 침묵이 흘렀다.

애쉬는 대꾸할 생각이 없어 보였다.

레베카도 입을 닫았다.

원치 않는 긴장감이 감돌던 그 순간.

갑자기 고물 트락시옹 아방이 부자연스럽게 덜컹덜컹 흔들렸다.

"어라?"

무슨 일이 일어났는지 깨닫기도 전에 속도가 뚝 떨어졌다.

느릿느릿 관성으로 나아가던 차는 속도가 더 줄어들다가 결국에는 힘이 다했다는 듯 멈췄다.

무심코 애쉬를 보자 그는 약간 얼빠진 소리를 냈다.

"아."

"무슨 일이죠……?"

"큰일 났네……. 연료가 다 떨어진 것 같다."

애쉬가 돌아보았다.

그 얼굴이 너무나 한심하고 우스워서, 레베카는 저도 모르게 웃음을 터뜨렸다.

레베카의 얼굴을 보고 애쉬도 웃음을 터뜨렸다.

둘은 그렇게 얼굴을 마주 보고 크게 웃었다.

눈물이 날 정도로 한바탕 웃다가 발작 같은 웃음이 겨우 진정되자 레베카는 조금 전 자신의 모습이 부끄러워졌다.

왜 그리 조급하게 굴었을까? 자신이 생각해도 너무 한 가지 생각에 집착했다. 어딘가가 이상해질 정도로.

"말이 지나쳤어요. 미안해요."

솔직하게 사과하자 애쉬도 다정한 눈으로 미소 지었다.

"나야말로 네 기분도 생각하지 않고……."

"괜찮아요. 당신 말이 맞는걸요. 일이 잘 안 풀린다고 투정부리다니, 나도 참 어린애나 다름없네요. 창피해요."

애쉬의 미소가 깊어졌다.

눈빛은 따뜻하다. 그 눈빛이 자신을 바라보기만 해도 레베카의 마음까지 따뜻해졌다.

애쉬는 레베카에게 한 번 더 미소를 지어 보인 뒤 차문을 열고 밖에 나가 크게 기지개를 켰다.

"우와. 멋지다. 별이 떴어."

애쉬의 목소리가 들린다.

쾌활하고 거침없는, 듣기 좋은 목소리.

"나와봐. 밤하늘이 예쁘다."

애쉬의 권유에 레베카는 직접 문을 열고 바깥으로 나갔다.

어느샌가 주위에 칠흑 같은 어둠이 내려앉아 있다.

올려다보니 온 하늘을 수놓은 별, 별, 별…….

"어머……. 예쁘다……."

산 공기는 깨끗하다. 그래서 별도 빛나 보이는 것 같다.

레베카는 제법 긴 시간 넋을 잃고 별을 보다가 점점 한기가 밀려와 차에 다시 탔다.

기척을 느낀 애쉬가 문을 닫아주고 자기도 운전석으로

미끄러지듯 탔다.

"여긴 어디쯤일까요?"

"글쎄. 카뉴쉬르메르까지는 한참 남았다는 건 분명해."

"아무도 지나가지 않네요."

"산길이니까. 게다가 날도 저물었고……."

상황은 절망적이었다.

시야에는 온통 어둠뿐이었다. 농가의 불빛도 보이지 않았다.

그런데도 불안하지 않다.

오히려 언제까지고 이렇게 애쉬과 함께 있고 싶은 마음마저 생겼다.

얼마 동안은 침묵이 이어졌다.

하지만 그것은 기분 좋은 침묵이었다. 방금 전 말다툼을 할 때와 같은 긴장감은 전혀 없다. 평온해서 마음이 녹아내릴 것 같은…….

문득 시선을 느끼고 애쉬를 돌아보니 애쉬는 하고 싶은 말이 있는 표정으로 레베카를 바라보고 있었다.

애쉬가 망설이다니 보기 드문 일이다. 언제나 상대방이 당혹스러울 정도로 솔직한 사람인데.

"할 말 있어요?"

뜻밖에 대답이 돌아온다.

"아버지가 정한 결혼 상대 말이야……."

"레이놀즈 씨?"
"응. 그 레이놀즈란 사람."
"그 사람이 왜요?"
"넌 그 사람과 결혼할 마음이 없는 거야?"
새삼스레 이런 질문을 받으니 뭐라 대답해야 할지 모르겠다.
결혼으로 아버지의 속박에서 벗어난다면 기쁘기 그지없겠지만, 남편에게 순종해야 하는 인생이 기다리고 있을지도 모를 일이다.
그 전에 자신이 미국에서 미국인과 생활할 수 있을 거라 생각지 않는다.
무엇보다 '결혼'이라는 것이 지금의 레베카에게는 멀게만 느껴지고, 현실로 받아들이기 어려웠다.
"……하지 않을 거예요. 아니, 하고 싶지 않아요."
그렇게 대답하자 애쉬가 되물었다.
"하지만 레이놀즈란 사람은 부자라며?"
'맞아요'라며 레베카는 무뚝뚝하게 대꾸했다.
"들은 바로는 큰 해운회사를 경영하신 조부님의 뒤를 이었다고 해요. 그분의 아버님은 아직 살아 계시고요. 하지만 아버님은 꿈이 있다는 이유로 후계자 자리를 거절하셨다더군요. 미국인은 그런 부분도 자유분방한가 봐요."
레베카의 조국에서는 아버지의 뒤를 잇는 후계자는 아들

이어야만 한다.

그래서 아버지도 레베카의 엄마와 사별한 뒤 카트린느를 후처로 맞아 후계자인 도나티앙을 낳은 것이다.

하지만 그렇게 따지자면 그 융통성 없는 아버지가 어떻게 레베카의 결혼 상대로 미국인을 선택했나 싶다.

아무리 레베카가 필요 없는 딸이라고 해도 레베카의 남편은 뒤누아에가의 가족이 되는 셈인데 말이다.

관습에 얽매이지 않고 살아가는 미국인을 가족의 일원으로 받아들일 사람이라고는 생각지 못했는데…….

레베카가 생각에 잠겨 있자 애쉬가 다소 차갑게 내뱉었다.

"커다란 해운회사의 사장 부인이면 호화로운 삶을 누릴 수 있잖아?"

레베카는 비아냥대는 듯한 말씨에 눈살을 찌푸렸다.

"나는 돈이 목적인 결혼 따윈 하고 싶지 않아요."

"남보다 앞서가는 건 필요해. 언제 어떤 경우라도."

"그건 그렇지만 레이놀즈 씨와 결혼해서 호화로운 삶을 살 수 있을까요?"

"왜? 부자인데?"

애쉬가 그렇게 말하는 것도 무리는 아니다.

조부인 레이놀즈 씨는 미국과 유럽을 왕복하는 대형 여객선으로 거대한 부를 축척한 사람이다.

그 뒤를 이은 손자인 레이놀즈 씨도 상당한 재력가일 것이다.

하지만…….

"그렇지만 배의 시대는 지났어요."

그 말의 의미를 모르겠다는 듯 고개를 갸우뚱하는 애쉬에게 레베카는 검지를 세워 위를 가리켰다.

"앞으로는 하늘의 시대잖아요?"

"아. 그런 뜻이구나."

"지금까지는 유럽과 미국을 오가려면 대서양 항로로 다니는 정기 여객선을 타는 수밖에 없었어요. 하지만 이제는 비행기가 있어요. 비행기를 타면 유럽에서 미국까지 눈 깜짝할 새에 가죠. 굳이 시간을 들여서 배를 이용하는 사람은 사라질 거예요. 그렇다면 레이놀즈 씨의 회사도 허무하게 무너지겠죠."

애쉬가 한쪽 눈썹을 치켜 올렸다.

"놀랐어. 너 의외로 똑똑하구나."

"비꼬지 말아요."

"비꼰 거 아냐. 칭찬하는 거야."

진심일까, 하고 애쉬의 얼굴을 보니 갈색 눈동자에서 어딘지 모르게 진지한 기색이 엿보였다.

레베카는 당황하며 말을 이어갔다.

"아마 레이놀즈 씨도 그걸 알고 있어서 나와 결혼하려고 마음먹었을 거예요. 레이놀즈 씨는 유럽에서 사업을 할 생각이겠지요. 뒤누아에가의 이름은 유럽에서 전개하는 사업의 발판으로 삼을 수 있어요."

"그야 그렇겠지……."

"레이놀즈 씨가 바라는 것은 내가 아니에요. 내 아버지의 이름을 원하는 거죠. 난 그런 결혼은 하고 싶지 않아요. 왜냐하면……."

목소리가 떨린다. 마음도 떨린다. 가슴이 먹먹하다.

"난 아직 사랑을 해본 적이 없어요. 결혼 같은 건 싫어요……."

갈색 눈동자가 레베카를 가만히 응시했다.

애쉬의 손가락이 레베카의 이마를 어루만졌다.

"레베카……."

처음으로 애쉬가 자신의 이름을 부른 것 같다.

레베카. 자신의 이름인데도 어쩐지 전혀 다른 울림으로 들린다.

어느샌가 다른 세계로 들어가 그곳에서 새롭게 이름을 받은 듯한 느낌…….

정신을 차려보니 바로 눈앞에 갈색 눈동자가 있다.

애쉬가 다가온 것인지 아니면 가까이 당긴 것인지 모르겠다.

그저 눈빛에 끌린다.

이 세상에 우리 외에 아무도 존재하지 않는 것처럼 애쉬만 보인다.

"사랑이 하고 싶어?"

속삭임은 정신이 아득해질 만큼 달콤했다.

"네."

레베카는 갈색 눈동자에 사로잡혀 손끝 하나 움직이지 못하고 아주 살짝 고개를 끄덕였다.

사랑하고 싶다.

영화 속 여주인공처럼, 동화 속 공주님처럼, 그리고 가능하다면 엄마처럼 가슴이 시릴 정도로 누군가를 사랑해 보고 싶다.

애쉬의 손끝이 입술을 쓸었다.

"그럼 나랑 사랑하자."

"애쉬……. 난……."

"쉿……."

입술에 따뜻한 숨결이 느껴진다.

하고자 마음만 먹었다면 얼굴을 돌릴 수도 밀어낼 수도 있었을 것이다.

하지만 레베카는 그렇게 하지 않았다.

그 대신 보랏빛 눈동자를 감았다.

그것이 신호였다는 듯 애쉬는 서로의 숨결이 느껴지는 거리를 조심스럽게 좁혔다.

입술이 닿았다.

심장이 시끄러울 정도로 쿵쾅거리는 탓에 어떤 감촉인지조차 모르겠다.

'나, 애쉬와 키스하고 있는 거야?'

현실감이 전혀 없었다.

뿌연 안개에 싸인 것처럼 머릿속이 하얘지고, 꿈속을 헤매는 듯하다.

물론 키스도 난생처음 겪는 일이다.

아버지는 레베카가 이성과 가까이 지내는 것을 탐탁지 않게 여겼다. 그런 아버지가 두려웠는지 아무도 레베카에게 다가오지 않았다.

설사 뒤누아에 백작의 노여움을 두려워하지 않는 이가 있다 하더라도 레베카가 받아들이지 않았을 것이다.

레베카는 개방적인 여자가 아니다. 정숙하게 행동하도록 교육받은 탓도 있겠지만, 솔직히 남성이라는 존재가 조금 두렵기도 했다.

그런데 그런 레베카가 애쉬와 키스를 하고 있다.

만난 지 겨우 사흘.

미국 신봉자에 구시가지에 있는 허름한 아파르트망에 살고, 항구에서 일한다는 것 외에 아무것도 모르는 사람인데도.

'하지만 싫지 않아…….'

다른 무엇보다도 그것이 이상했다.

* * *

일어나 보니 주위가 완전히 밝아져 있었다.

레베카는 트락시옹 아방의 조수석에서 기지개를 켰다.

옆을 보니 운전석이 비어 있다.

막 깨어나 멍하게 주위를 둘러보았지만 애쉬의 모습이 보이지 않았다.

혼자 두고 가리라고는 생각하지 않았다.

애쉬는 그럴 사람이 아니다.

'언제부터 애쉬를 이렇게 신뢰하게 되었을까?'

애쉬가 신사적이기 때문일까? 생각 이상으로 에스코트를 잘하기 때문일까?

아니면…….

역시 그 키스 때문에……?

문득 어젯밤의 일을 떠올린 레베카의 얼굴이 새빨갛게 달아올랐다.

"안 돼……!"

나란 여자는 어쩌면 이렇게 저질일까.

고개를 좌우로 세차게 저으면서 시끄러울 정도로 두근거리는 심장을 진정시키려고 양손으로 눌렀다. 하지만 심장은 진정되기는커녕 점점 크게 뛰었다.

'나 어떻게 된 걸까?'

이렇게 스스로를 통제할 수 없는 상황은 극히 드물었다.

그러고 보니 애쉬의 키스를 받아들인 것도, 그것을 거부하지 않은 것도, 원래대로라면 있을 수 없는 일이었다.

'이상해져 가고 있어…….'

마음이 붕 뜨고 무척 불안하다.

심호흡을 크게 하는데 애쉬가 흙먼지 가득한 산길을 천천히 올라서 이쪽을 바라보고 있는 모습이 보였다.

그 모습을 인식한 순간 저도 모르게 입가에 번진 미소에 레베카는 조금 놀랐다.

애쉬의 모습이 보였을 뿐인데 왜 이렇게 기쁜 걸까?

들뜨고 설레고 조금 두근거린다…….

애쉬는 트락시옹 아방의 문을 열어 레베카의 얼굴을 들여다보듯 몸을 숙이고 유쾌하게 인사했다.

"여어, 일어났어?"

반팔 티셔츠. 근육질 팔이 눈에 들어온다.

어젯밤은 그 팔에 푹 안겨서 잠들었다.

자동차 시트는 좁고, 산 속에서 지새는 밤은 생각 외로 추웠지만, 애쉬의 품은 따뜻하고 편안해서…….

레베카는 가슴이 두근대는 것을 느끼며 물었다.

"어디 갔었어요?"

"저쪽 농가에서 가솔린을 얻어왔어."

"네? 어디?"

"바로 저쪽. 어젯밤은 올리브 밭에 가려서 안 보였어."

애쉬가 가리킨 쪽을 눈을 가늘게 뜨고 찬찬히 살펴보니 얼기설기 얽힌 올리브 나무 가지 사이로 빨간 지붕이 살짝 엿보였다.

"배고프지? 빵이랑 마실 것도 가지고 왔어."

그 말을 듣고 나서야 레베카는 자신이 공복이라는 걸 깨달았다.

그러고 보니 어젯밤은 저녁 식사도 하지 않았다. 이런저런 일도 있었고, 그럴 만한 상황도 아니었던 탓인지 식욕이 사라진 것이다.

"그리고 또 하나. 좋은 소식을 들었어."

애쉬가 약간 우쭐대며 말했다.

"좋은 소식이 뭐죠?"

"투레트쉬르루(Tourrettes—sur—Loup)라고 알아?"

투레트쉬르루?

"아니요. 몰라요."

"옛날부터 제비꽃 재배지로 유명한 마을이래."

"제비꽃?"

"응. 제비꽃."

"아……."

애쉬의 갈색 눈동자에 웃음이 번졌다.

"네 어머니의 향수가 제비꽃 향이지? 그 마을에 가면 실마리가 있을지도 몰라."

*　　*　　*

고물 트락시옹 아방은 새 연료를 넣자 기분 나쁜 소리를 내며 깨어났다.

애쉬의 계획은 이랬다. 일단 바다 방향으로 카뉴쉬르메르까지 가서, 그곳에서 다시 산길로 들어가 먼저 방스(Vence)를 향해 간다.

방스까지 간 다음 서쪽으로 몇 킬로미터만 더 가면 투레트쉬르루 마을이 나온다고 하지만, 레베카는 그곳이 어떤 곳인지 어느 부근인지 전혀 짐작이 가지 않았다.

불안 반 기대 반.

어제 그라스에 올 때보다 훨씬 긴장됐다.

이곳에서도 실마리를 찾지 못한다면…….

그렇게 생각하자 더욱 불안해졌다.

애쉬는 레베카의 그런 마음을 아는지 모르는지 여전히 태평했다.

핸들을 잡은 손도 산길임에도 가벼웠다.

"오늘 아침에 재미있었지?"

무슨 말인가 싶었는데 오늘 아침 가솔린과 음식을 나누어준 농가의 노부부 이야기였다.

가솔린 통과 커피포트를 돌려줄 겸 감사 인사를 하러 들렀는데 조수석에 탄 레베카를 보고 노부부는 애쉬의 아내라고 착각한 것이다.

애쉬는 으쓱해져서 '신혼입니다' 라며 레베카의 어깨를 바싹 끌어안았다. 덤으로 볼에 키스까지 하는 바람에 레베카는 가슴이 두근거려서 인사도 제대로 하지 못했다.

예의 없는 사람이라고 생각하면 어쩌지?

아니, 그 이전에 자신은 애쉬의 아내도 아무것도 아닌데.

생각만 했을 뿐인데 얼굴이 달아올라 애쉬를 흘겨보았다.

"당신은 너무 가벼운 게 흠이에요."

하지만 애쉬는 개의치 않았다.

"미혼 남녀가 둘이서 밤을 보냈다는 걸 들키면 그게 더 문제 아냐?"

틀린 말은 아니다.

"하지만 아무 일도 없었잖아요."

레베카는 되받아치려다 입을 다물었다.

아니, 아무 일도 없었던 게 아니다. 키스는 했다. 키스뿐이었지만, 그렇지만 분명히 애쉬와 키스를 했다.

그 뒤로도 애쉬의 태도는 아무것도 변하지 않았다.

여느 때와 마찬가지로 밝고 상냥하고, 그리고 조금은 짓궂다.

레베카는 이렇게도 가슴이 두근거리는데.

'어쩐지 나만 바보 같아…….'

레베카에게 애쉬와의 키스는 특별한 일이었다. 훨씬 나이가 들어서 할머니가 된대도 어젯밤의 키스를 떠올릴 것이다. 그런 예감이 든다.

하지만 애쉬에게는 그런 것쯤은 흔히 있는 일일지도 모른다.

애쉬는 여자를 다루는 데 능숙해 보인다. 만나는 여성마다 이런 식으로 꼬셨을지도 모른다.

'나랑 사랑하자고 했으면서…….'

그런데 무슨 의미였을까?

레베카와 사랑을 하고 싶다는 뜻?

으음, 아니다.

애쉬는 레베카에게 '사랑해' 라고 말하지 않았다.

레베카를 사랑하지 않는다는 증거다.

분명 장난이었을 것이다.

그 말도. 그 키스도.

어리숙하고 순진한 자신을 놀렸던 것뿐.

곧이곧대로 믿으면 안 된다. 아무 일도 없었던 셈 치자.

분명 그 편이 낫다.

레베카는 자신의 마음이 빠르게 식어가는 것을 느꼈다.

애쉬가 말을 걸어도 건성으로 대답하는 레베카를 보며 어느샌가 애쉬의 말수도 줄어들었다.

고물 트락시옹 아방은 어색한 공기를 가득 싣고 구불구불한 산길을 올라가 드디어 작은 마을에 도착했다.

투레트쉬르루는 지금도 중세의 향기가 진하게 남아 있는 마을이다.

그 옛날 사라센인의 침공을 막기 위해 사람들은 주위보다 높은 암벽이나 언덕 꼭대기에 성벽을 둘러쌓아 마을을 만들었다.

그 모습이 마치 독수리 둥지처럼 보인다고 해서 그런 마을을 '독수리 둥지' 라고 부른다.

지금도 프로방스에는 약 백 곳에 이르는 독수리 둥지 마을이 있다고 하는데 투레트쉬르루도 그중 하나다.

마을 외곽에 차를 세우고 마을로 들어갔다.

다른 중세 시대 마을과 마찬가지로 투레트쉬르루의 길도 좁아서 사람 두 명이 간신히 마주 지나갈 정도였다. 더욱이 돌이 깔린 골목길은 미로처럼 복잡했다.

"제비꽃은 삼월에 핀대."

애쉬가 말했다.

"그 시기에는 제비꽃 축제도 열린다고 해."

어쩐지 밭에서도 집 앞에 놓인 작은 화분에서도 제비꽃

을 보지 못했다.

하지만 마을 안에는 제비꽃을 그려 넣은 잡화나 제비꽃 술, 제비꽃 설탕절임 등을 파는 가게들이 늘어서 있어서 이곳이 틀림없는 제비꽃 마을임을 알려주고 있었다.

"향수 가게가 안 보이네요."

제비꽃 마을이라면 분명 제비꽃 향수도 있으리라 생각했는데 그것은 착각이었을까?

역시 이곳에도 실마리는 없는 건가…….

"우선 마을을 둘러보자."

"네… 그래요……."

"작은 마을이니까 천천히 걸어도 한 바퀴 도는 데 얼마 안 걸릴 거야."

애쉬의 제안에 솔직히 희망이 있다고는 생각지 않았다.

그래도 그렇게 말하기에는 꺼려져서 레베카는 앞장서서 걷는 애쉬의 뒤를 따랐다.

차 안의 분위기는 지금도 두 사람을 에워싸고 있어서 레베카와 애쉬 사이에는 이렇다 할 대화가 없었다.

레베카는 입을 굳게 다문 채 조금 뒤처져서 애쉬를 따라가기만 했다.

한편 애쉬도 레베카의 상태가 다소 이상하다는 걸 알아차린 것인지, 평소처럼 가벼운 농담으로 레베카를 놀리거나 따뜻하게 격려하지 않았다.

꼭 해야 할 말이 있는 것 같은 기분이다.

그런데 무슨 말을 해야 좋을지 모르겠다.

레베카가 답답한 마음을 안고 계단 밑 어슴푸레한 골목길로 접어든 순간, 갑자기 강한 힘이 팔을 낚아채 몸을 끌어당겼다.

"아……."

영문을 모른 채 정신을 차려보니 애쉬의 품속이었다. 억센 팔에 갇혀 손가락 하나 까닥할 수 없었다.

"왜 그렇게 경계하지?"

귓가에 속삭임이 닿았다.

"내가 무서워?"

무섭지 않다.

무서운 건 애쉬가 아니다. 레베카 자신이다. 애쉬가 곁에 있는 것만으로도 마음이 점점 불안정해지는 자신이 두렵다.

"부탁이에요……. 놔줘요……."

레베카는 가냘픈 목소리로 호소하며 시선을 피했다.

하지만 애쉬는 팔을 풀지 않았다. 오히려 더욱 억세게 끌어안았다.

"놓아주지 않겠다고 하면 어쩔 건데?"

"아……."

애쉬의 손이 레베카의 턱을 잡고 얼굴을 들어 올렸다.

갈색 눈동자가 바로 가까이에서 레베카를 보고 있었다.

밝고 상냥한 눈동자에는 처음 보는 강한 빛이 서려 있었다.

시선을 피하려고 했지만 그럴 수 없다. 레베카의 보랏빛 눈동자는 빨려 들어갈 듯 애쉬의 갈색 눈동자를 응시하고 있었다.

떨리는 입술에 애쉬의 입술이 다가왔다.

"이러지 말아요……. 애쉬……."

키스한다. 다시 애쉬와 키스를 한다.

"싫어요……. 싫어……."

눈을 꼭 감고 방어 자세를 취하자 입술에 달뜬 속삭임이 닿았다.

"뭐가 싫다는 거지?"

"애쉬……."

"나랑 사랑하는 게 싫어……?"

좋다고 할 수 있을 리가 없다.

자신을 사랑하는지 아닌지도 모르는 사람과 장난스러운 연애를 즐기는 건 절대로 불가능한 일이다.

가만히 있을 수 없어서 뒤로 물러서는데 등이 퉁하고 벽에 부딪혔다. 애쉬는 놀라서 비틀거리는 레베카를 붙잡아 그대로 벽에 밀어붙였다.

도망갈 곳이 없다.

뒤로는 벽, 앞으로는 애쉬.

레베카는 갇혀서 마지막 저항으로 턱을 몸 쪽으로 당겨 보았지만, 애쉬는 레베카의 뺨을 양손으로 감싸 손쉽게 키스를 빼앗았다.

꽉 깨문 입술도 간단히 벌어져 키스가 깊어졌다.

어젯밤과는 사뭇 다른 성숙한 키스.

강렬하고 관능적이고 무척 달콤한…….

"아……."

입술이 떨어진 순간 레베카가 흘린 숨소리는 믿기 어려울 정도로 음란한 울림이 엉켜 있었다.

"……귀여운 소리군."

애쉬의 속삭임이 귀를 간질였다. 그것만으로도 다리가 떨리고 힘이 빠졌다.

간신히 서 있을 수 있었던 것은 등 뒤의 벽과, 어느샌가 허리에 둘러진 애쉬의 팔 덕분이었다.

"아… 난……."

레베카는 촉촉한 눈동자로 애쉬의 갈색 눈동자를 올려다보았다.

하지만 더 이상 아무 말하지 말라는 듯 애쉬의 입술이 귀를 삼켰다.

"……아……."

거기서 그치지 않고 애쉬가 깨물자 레베카의 몸이 살짝

튀어 올랐다. 무심코 발돋움을 하자 이번에는 귀 아래로 입술이 내려갔다.

"읏……."

몸 깊은 곳에서 무언가가 깨어나는 것이 느껴졌다.

그곳이 축축하게 무거워진다. 질퍽질퍽하고 둔하게 꿈틀대면서 천박한 열을 머금는다.

뜨겁다. 머리도, 몸도. 애쉬의 손이 닿은 곳마다 화상을 입은 것처럼 뜨겁다.

녹는다. 정신이 혼미해진다. 알 수 없는 무언가가 넘쳐흘러 손끝까지 집어삼킬 것 같다.

"안 돼……. 안 돼요……."

레베카는 사라지기 직전의 이성을 가까스로 긁어모아 애쉬의 어깨를 밀어냈다.

목덜미를 따라 내려온 애쉬의 키스는 이미 쇄골을 지나 풍만한 언덕에 이르러 있었다.

레베카의 허리에 두르지 않은 손은 풍성한 치맛자락을 헤치고 허벅지를 타고 올라갔다.

"안 돼요……. 부탁이에요! 애쉬, 놔줘요……!"

조금 강한 어조로 말하자 애쉬의 팔이 느슨해졌다.

"……왜지?"

귀를 태울 정도로 뜨거운 속삭임이다.

뜨거운 속삭임에 깊은 곳이 울컥하고 음란하게 일렁

였다.

레베카는 입술을 깨물고 몸의 반응을 외면하면서 떨리는 입술을 열었다.

"그게…… 우린 신분이 달라요……."

자신이 백작의 딸이라고 해서 애쉬를 무시할 생각은 털끝만큼도 없다. 단지 그렇게 말하면 애쉬도 받아들일 거라고 생각했다.

하지만 애쉬는…….

"사랑을 하는 데 신분 따윈 상관없어."

"그렇지만……."

"내가…… 싫어?"

싫지 않다.

아마도 좋아한다.

분명히 좋아한다.

하지만 이 감정을 인정하면 안 될 것 같은 느낌이 든다.

그래서…….

"나는 그럴 수 없어요……. 그럴 수 없어요……."

"어째서 그럴 수 없는 거지?"

"결혼을 앞둔 여자가 이런 행동을 해서는 안 돼요……."

사라질 듯 가냘픈 목소리로 호소하자 애쉬가 한숨을 쉬었다. 온몸에 힘이 빠진 듯 애쉬는 레베카의 어깨 위에 고개를 툭 떨궜다.

"아……. 미안……."

"……."

"네가 백작의 영애라는 사실을 잊고 있었어."

그것은 즐길 상대도 되지 않을 만큼 시시한 여자라는 의미일까?

멋대로 상상하고 멋대로 상처 받는데 문득 눈꺼풀 위에 그림자가 드리웠다.

또 키스를 할 거라 착각한 레베카는 입술을 굳게 다물었지만, 애쉬의 입술이 닿은 곳은 레베카의 이마였다.

"아……."

오빠가 여동생에게 하는 듯한 다정하고도 따뜻한 키스.

애쉬는 조금 당혹스러운 표정을 지었다.

"미안. 이제 하지 않을게."

애쉬의 몸이 멀어졌다.

아까까지는 제발 떨어져 주길 바랐는데 막상 멀어지자 그 온기가 그리워졌다.

그런 자신이 조금 두렵다.

그저 키스를 했을 뿐인데 애쉬에게 무척 소중한 무언가를 송두리째 뺏긴 기분이 들었다.

"우선 사람들에게 물어볼까?"

애쉬가 말했다.

"마을 사람들만 아는 것도 있으니까."

애쉬는 아무 일도 없었던 것으로 할 모양이었다.
그렇게 말하는 목소리도 표정도 평소와 전혀 다르지 않았다. 방금 전에 보여준 강한 눈빛도 지금은 완전히 자취를 감췄다.
애쉬가 그렇게 한다면 레베카도 따를 수밖에 없었다.
방금 전에 키스도 어젯밤의 키스도 전부 거짓말, 꿈, 환상.
잊을 수밖에 없다.
레베카는 자신을 타이르면서 애쉬의 뒤를 따랐다.
애쉬는 조금 앞에 자리 잡은 귀여운 가게에서 가게를 지키고 있던 노파에게 이런저런 질문을 던졌다.
"실례합니다. 제비꽃 향수를 찾고 있는데 이 근방에 향수를 만드는 곳이 있습니까?"
"향수?"
노파가 인상을 찌푸렸다.
돌로 만든 둥근 아치 아래에 제비꽃 꿀이나 제비꽃 설탕조림이 담긴 병이 가지런히 놓여 있다.
"이 주변에는 없는데. 그라스로 가는 게 어떨까?"
그것을 들은 레베카는 크게 실망했다.
역시 이 마을에도 아무런 실마리가 없는 걸까?
하지만 애쉬는 포기하지 않았다. 아주 약간이라도 좋으니 정보가 없냐고 노파를 끈질기게 물고 늘어졌다.

"그라스는 이미 다녀왔습니다."

노파는 애쉬의 말에 그닥 관심이 없는 듯 보였다. 아무 이유 없이 쌀쌀맞게 대꾸했다.

"그라스에서 못 찾았어?"

"네. 실마리는 제비꽃뿐입니다. 이 마을이 제비꽃 재배지로 유명하다고 들어서……."

노파가 조그맣게 한숨을 내쉬었다.

"이 근방의 제비꽃 줄기는 전부 그라스로 출하되거든. 그라스에서 못 찾았다면 전 세계 어디를 가더라도……."

갑자기 애쉬가 노파의 말을 막았다.

"잠시만요. 제비꽃 줄기라고요? 제비꽃 향수는 꽃으로 만드는 게 아닙니까?"

노파는 순간 의아하다는 표정을 지었지만, 바로 웃으며 가르쳐 주었다.

"아니야. 향수로 쓰는 재료는 줄기라우. 옛날에는 꽃으로도 향료를 만들었지만 너무 고가라 그만뒀지. 지금은 꽃은 식용으로만 써."

그 말에 레베카는 적잖이 놀랐다.

제비꽃 향기는 꽃으로 만든다고만 생각했는데.

"저…… 제비꽃 줄기도 꽃이랑 똑같은 향기가 나나요?"

애쉬의 등 뒤에서 몸을 내밀듯 묻자 노파는 그제야 레베카의 존재를 알았는지 레베카를 향해 옅은 미소를 지었다.

"글쎄. 다른 것 같아. 잎사귀에 가까운 향이 나지 않을까?"

"그럼 꽃의 향기는 어떻게 만드나요?"

"아. 내 기억엔…… 아이리스 뿌리로 만들었던 것 같은데."

"아이리스?!"

레베카와 애쉬는 얼떨결에 마주 보았다.

아이리스.

바로 엄마의 이름이다.

레베카에게 보랏빛 눈동자와 제비꽃 향기를 물려준…….

"아……."

레베카는 놀라움에 눈을 크게 떴다.

제비꽃 향수가 아니라 아이리스 향수였던 걸까?

엄마의 눈동자 색이 아니라 이름에 맞춰 선물 받았던 걸까?

"저기…… 이 근방에 아이리스를 재배하는 곳이 있습니까?"

애쉬가 계속 물었다.

레베카는 아직 놀라움에 사로잡혀 머릿속에 있는 것들을 말로 꺼내지 못하고 있었다.

노파는 미간을 찡그리며 골몰히 생각하는 시늉을 했다.

"으음……. 이 마을에는 없어."

"다른 곳은 알고 계십니까?"

"글쎄……. 이 주변은 몰라. 그라스에서는 어땠는데? 이탈리아에서 재배한다는 이야기는 들은 것도 같은데……."

이탈리아 국경까지는 고작 사십 킬로미터 남짓.

하지만 국경을 넘는 일은 그리 만만하지 않다.

더군다나 레베카는 프랑스인이 아니었다. 꽤 복잡한 수속 절차가 필요하다.

레베카는 실망해서 어깨를 늘어뜨렸다.

그 모습이 애처로워 보였나 보다. 노파가 가게 안쪽에 말을 걸었다.

안에서 느릿느릿한 발걸음으로 나타난 것은 노파의 남편인 듯 보이는 노인이었다.

노파는 노인의 귓가에 고함을 질렀다.

"여보, 향수용 아이리스 뿌리를 만드는 곳이 어딘지 알아요?"

"뭐? 아이리스……?"

먼 기억의 바닥을 찾는 듯 노인의 회색 눈동자가 허공을 헤매었다. 레베카보다 몇 곱절 살아온 이 노인의 머릿속에는 그만큼 기억도 축척되어 두꺼운 층을 이루고 있는 것이다.

"아…… 그러고 보니 본 것 같기도 한데……."

"어디서? 누구 밭?"

"아니, 정원이야……. 그라스였나. 어느 저택의 정원이었지……."

레베카는 매달리는 심정으로 노인의 주름투성이 얼굴을 가만히 바라보았다.

이탈리아와 달리 그라스는 이곳에서도 갈 수 있다.

어제는 제비꽃만 염두에 두고 있었기 때문에 찾지 못했다. 하지만 아이리스 향기를 실마리로 삼으면 새로운 사실을 발견할지도 모른다.

"아, 하지만 그 저택은 이미 다른 사람 손에 넘어갔을 걸."

한 조각의 기억이 연쇄 작용을 일으켜 다른 기억을 끄집어낸 걸지도 모른다.

노인의 말이 조금씩 술술 이어지기 시작했다.

"그래. 맞아, 맞아. 확실히 근처 나라의 귀족이 사는 저택이었는데 부인이 죽은 뒤에 바로 팔려고 내놨다고 하더라고. 전쟁 전의 일이야. 부인은 아직 젊었는데."

"혹시 어느 나라에 어떤 사람인지 알고 계십니까?"

그렇게 물은 것은 역시 애쉬였다.

레베카는 물을 수 없었다. 두려워서 입을 열지도 못하고 있었다.

예감이 스쳐 지나갔다.

그럴 리가 없다. 절대로 있을 수 없는 일이다.

확신하는 한편, 노인의 쉰 목소리가 뽑아내기 일보 직전의 그것은 레베카도 아는 이름일 거라는 느낌이 들었다.

“음. 이름이 뭐였더라……. 외국인이었는데 분명 프랑스풍 이름이었어.”

레베카는 물론 애쉬도 노파도 모두 마른침을 삼키며 노인을 지켜보았다.

“그게… 백작… 백작… 백작…….”

하지만 똑같은 말을 세 번 반복한 뒤 노인은 힘없이 고개를 저었다.

“음. 기억이 나질 않아…….”

레베카는 참았던 숨을 토했다.

‘역시 그럴 리 없어.’

여기에서 아버지의 이름이 나올 리가 없다.

‘나 왜 그런 걸 생각한 걸까?’

“기대하게 해서 미안하네.”

노파의 목소리에는 깊은 위로가 담겨 있었다.

“하여간 이 양반은 뭐든지 금방 잊어버린다니까.”

노인이 반론했다.

“무슨 소리야. 누가 잊어버리긴 잊어버린다고 그래. 생각난 것도 있어.”

노파도 지지 않고 대꾸했다.

"그래요? 뭐가 생각났는데요? 쓸모없는 이야기면 화낼 거예요."

노파의 말투는 이미 싸울 태세였다.

그 모습에 레베카는 마음이 조마조마했지만, 늘상 있는 일이라는 듯 노인은 웃고 있었다.

"뭐든 좋으니까 기억나는 게 있으면 얼른 말해요."

노인은 굽은 허리를 조금 펴고 득의양양하게 말했다.

"남편 이름은 잊어버렸지만 죽은 부인의 이름은 똑똑히 기억해."

"그래서? 이름이 뭔데?"

노인의 갈라진 입술이 그 이름을 말했다.

"부인의 이름은 아이리스였어."

"정말로?"

"틀림없다고. 그 백작인가 하는 사람이 말하기를 부인 이름이 아이리스라서 아이리스 정원을 만들었다고 했는걸. 부인은 보라색 눈동자를 가진 미인에, 금실이 그렇게나 좋았는데. 허 참, 안타깝게 됐어."

더 이상 들을 필요가 없었다.

레베카는 무심코 하늘을 올려다봤다.

4장

그라스로 가는 산길. 트락시옹 아방은 어제는 올라갔던 길을 오늘은 느긋하게 내려가고 있었다.

레베카는 작은 병 하나를 손에 꼭 쥐고 있었다.

그리고 그 유리병 속에서 투명한 액체가 찰랑거렸다.

투레트쉬르루 마을에서 만난 벌치기 노인에게 자초지종을 들은 레베카와 애쉬는 바로 그라스로 향했다.

어제 첫 번째로 들른 향수가게에 다시 가서 아버지의 이름을 묻자 카트린느와 분위기가 비슷한 점원은 금세 찾아냈다.

첫 번째 주문은 아버지와 엄마가 결혼하기 약 일 년 전,

그다음은 두 사람이 결혼했을 때, 세 번째는 레베카가 태어난 해.

아버지는 특별한 일이 있을 때마다 그날을 기념하기 위해 엄마에게 이 향수를 선물한 듯했다.

향수의 이름은 『아이리스』.

엄마와 이름이 같다.

점원이 찾아낸 것은 그뿐만이 아니었다.

레베카가 다시 들르자 카트린느와 분위기가 비슷한 점원은 그제야 엄마 같은 미소를 띠며 전에 이 가게에서 일했다는 노부인을 소개해 주었다.

그 노부인은 이 가게에서 오랫동안 일해서 옛날 일도 잘 알 거라고 했다.

어제는 갑작스러워서 미처 생각지 못했는데 혹시 레베카가 다시 오면 그 이야기를 해주려고 기다리고 있었다며 점원은 친절하게 생긋 웃어 보였다.

곧바로 노부인을 만나 엄마의 유품인 향수병을 보여주자 노부인은 그립다는 듯 눈을 가늘게 떴다.

"아, 기억나요. 이 향수는 뒤누아에 백작이 아내인 아이리스 씨에게 선물한 것으로 그 당시 다니던 회사가 의뢰를 받아 특별히 제작한 향수예요."

이미 알고 있는 내용이지만, 이렇게 증인의 입을 통해 들으니 새삼 와 닿았다.

"뒤누아에 백작은 아름다운 부인을 진심으로 사랑했어요. 그라스에 있는 저택에 부인의 이름과 똑같은 아이리스 정원을 만들 정도였으니까."

아마 그것이 벌치기 노인이 본 정원이었을 것이다.

"지금은 다른 사람의 소유가 되었지만 보실 수 있는지 여쭤볼까요?"

그 말에 레베카는 '부디' 라고 답했다.

망설이지 않았다고 하면 그건 거짓말이다.

하지만 그 정원이 아직 남아 있다면 꼭 봐야 한다고 생각했다.

얼마 후 향수가게 근처에 있는 낡은 저택으로 안내받았다.

어제 그라스에 오자마자 애쉬가 말한 대로 석조문만 봐서는 그 너머에 정원이 있을 것 같지 않았다.

그런데 문을 지나 어두운 회랑을 빠져나오자 눈앞에 아름다운 정원이 펼쳐졌다.

마치 마법 같다. 그 문 뒤에 이렇게 넓은 정원이 숨겨져 있었다니…….

부재중인 주인 대신에 저택을 관리하는 집사는 레베카가 오귀스트 뒤누아에 백작의 딸이라는 걸 알고 옛 이야기를 들려주었다.

진심으로 사랑한 아내를 잃은 뒤누아에 백작이 얼마나

상심하고 슬퍼했는지.

너무 슬픈 나머지 아내를 떠올리게 하는 모든 것을 스스로 멀리했던 일.

특히 이 그라스의 저택과 아이리스 정원에는 추억이 서려 있어서 두 번 다시 이곳에 발길을 들이지 않겠다고 다짐했던 일.

그럼에도 뒤누아예 백작은 이 저택을 처분하겠다고 결심했을 때 한 가지 조건을 걸었다고 한다.

이 아이리스 정원을 그대로 유지하겠다는 사람에게 저택을 넘기고 싶다고…….

레베카는 매우 차분한 마음으로 아버지가 엄마를 위해 만들었다는 정원을 보았다.

정원에는 한창을 맞이한 아이리스가 남보라색 꽃을 활짝 틔웠다. 그라스의 향긋한 바람에 제 몸을 맡긴 채 살랑이고 있었다.

그 선룸에서 메마른 정원을 응시하던 엄마의 눈에는 분명 이 정원이 비치고 있었던 것이다.

지금 절정을 맞이해 탐스럽게 핀 남보라색 아이리스 꽃송이가 엄마의 보라색 눈동자를 부드럽고 달콤하게 물들였던 것이 분명하다.

'결국 엄마가 이 세상에서 가장 사랑한 사람은 아버님이었구나…….'

그리고 아버지 또한 엄마를 사랑했다.

그 죽음조차 받아들이지 못할 만큼 깊이, 깊이, 마음속 깊이.

레베카는 니스의 구시가지에서 바스티스를 마시며 애쉬가 한 말을 떠올렸다.

"상식적으로 생각해서 네 아버지가 아닐까?"

지금 와서 생각해 보니 애쉬의 말이 맞았다.

그때는 절대로 그럴 리 없다고 믿었다.

지금은 절반쯤 의문이 풀렸다.

아버지가 엄마를 진심으로 사랑했을 수도 있다.

하지만 왜 병상에 누워 있는 엄마를 보러 오지 않았을까? 왜 엄마의 온기가 가시기도 전에 카트린느와 재혼했을까?

'왜 나를 사랑하지 않았을까……?'

갑자기 차가 멈췄다.

"다 왔어."

애쉬의 말을 듣고 고개를 들어보니 눈에 익은 니스의 구시가지가 보였다.

이곳에 온 지 겨우 나흘 남짓.

그런데 마치 태어난 고향처럼 그립게 느껴졌다.

애쉬의 아파르트망으로 돌아가자 레베카는 자신에게 주어진 침실에서 짐을 쌌다.

이곳에 처음 왔을 때보다 짐이 늘었다. 그 덕분에 여행 가방이 불룩해졌다.

그 모습을 보고 애쉬는 레베카의 생각을 알아차린 듯했다.

"돌아가려고?"

레베카는 가볍게 고개를 끄덕였다.

"네."

애쉬의 얼굴을 보지 않고 레베카는 현관으로 향했다. 솔직히 말하자면 볼 수 없었다. 보기가 두려웠다.

등 뒤에서 목소리만 쫓아왔다.

"호텔까지 바래다줄게."

애쉬의 목소리에는 억양이 없어, 속마음을 읽기는 어려웠다.

"괜찮아요. 혼자서 갈게요."

간신히 대답했다.

이 이상 애쉬와 함께 있으면 헤어지기 어려워진다.

고작 나흘 동안 함께 있었던 사람일 뿐인데.

'왜 이렇게 마음이 아픈 거지?'

레베카는 아픈 마음을 감추고 애써 냉정한 척했다.

"가이드료와 성공 보수는 돌아가자마자 준비해서 바로

지불하겠어요."

하지만 애쉬의 대답은 뜻밖이었다.

"됐어. 필요 없어."

"그러면 안 되죠!"

레베카는 저도 모르게 언성이 높아졌다.

기세에 눌린 건지 애쉬가 입을 꾹 다물었다.

"애쉬. 부탁이에요. 받아줘요."

"하지만……."

"당신은 가이드. 나는 고용주. 선을 지키겠다고 약속했죠?"

이렇게 말하면 애쉬가 아무 말도 못한다는 걸 알고 있었다.

스스로 생각해도 치사한 방법이었다.

하지만 이것도 모두 이 나흘 동안 배운 것. 애쉬를 만나지 않았더라면 지금도 그런 걸 모른 채 살았을 것이다.

"그럼…… 나, 갈게요."

끝끝내 얼굴을 보지 못하고 문고리를 잡자 애쉬가 갑자기 팔을 세게 붙잡았다.

"레베카. 나는……."

레베카는 끝까지 듣지 않고 말을 끊었다.

"그만. 말하지 말아요."

"이것이 끝은 아니겠지?"

"……아마도."

앞으로 어떻게 될지는 레베카도 모른다.

아버지에게 돌아가면 다시 지배당하는 날들이 기다리고 있을 것이다.

아버지의 마음에 드는 옷을 입고, 아버지가 시키는 대로 대답하고, 아버지의 뜻에 따라 행동한다.

레베카의 자유 같은 건 어디에도 없다.

그래도 아버지를 만나지 않을 수는 없다.

엄마와의 약속을 지켜야 한다. '엄마는 숨을 거두기 직전까지 아버지를 이 세상에서 가장 사랑했어요' 라고 아버지에게 전해야 한다.

그리고 아버지의 진심을 묻고 싶다.

"아버님은 정말로 어머님에 대해 어떻게 생각하셨나요?"

설령 원치 않는 답을 듣게 될지라도 아버지의 진심을 듣고 싶다.

애쉬의 손이 떨어졌다.

레베카는 그대로 뒤도 돌아보지 않고 문을 열고 밖으로 나갔다.

등 뒤에서 쾅 하고 문이 닫히는 소리가 들렸다.

"흑……."

문이 닫히자마자 슬픔이 밀려 올라왔다.

눈물이 왈칵 쏟아졌다. 끊임없이 흘러내려서 레베카의 볼을 적셨다.

레베카는 흐느껴 울면서 아파르트망 계단을 빠르게 내려가 큰길로 나왔다.

그날 들떠서 걸었던 프롬나드 데 장글레.

그런데 오늘은 눈물에 흐려져 바람도 빛나지 않는다.

왜 이렇게 슬픈 거지? 왜 이렇게 가슴이 아픈 거지?

이제 애쉬와 만날 수 없다.

겨우 그것뿐인데 마음이 찢어질 것 같다…….

남의 이목은 개의치 않고 울면서 해질 무렵의 해안가를 터벅터벅 걸어가자 드디어 호텔의 모습이 보였다.

레베카는 손끝으로 눈가를 훔치고 자세를 바로 잡은 뒤 호텔 입구로 향했다.

프런트에 이름을 말하자 바로 뒤퐁 부인이 구를 듯한 기세로 프런트까지 달려나와 레베카를 맞았다.

"아가씨. 지금까지 어디 계셨습니까?"

소곤대는 목소리가 몹시 수상쩍게 보였지만, 뒤퐁 부인은 신경 쓰지 않는 듯했다.

"백작님이 진노하셨습니다. 이런 무모한 행동을 하시다니."

레베카는 자기가 생각해도 신기할 정도로 침착했다. 뒤퐁 부인에게 묻는 목소리도 매우 차분했다.

"아버님은? 아직 니스에?"

뒤퐁 부인이 답했다.

"네. 계속 머무르시면서 아가씨가 돌아오시길 기다리고 계십니다."

"지금 방에 계세요?"

"아니요. 외출하셨습니다. 저녁 식사 전까지는 돌아오시겠다고 하셨습니다."

"그래요……."

한시도 눈을 떼지 않을 생각인지 옆에 바싹 붙어 있는 뒤퐁 부인과 함께 레베카는 승강기로 향했다.

방은 레베카가 가출할 때의 모습 그대로 남아 있었다. 뒤퐁 부인은 주인이 없는 방을 혼자서 지키고 있었나 보다.

레베카는 방에 돌아오자 '잠시 혼자 있게 해줘요' 라고 짧게 말하고는 침실에서 나오지 않았다.

뒤퐁 부인은 불안해하면서도 마지못해 따랐다.

'저 상태라면 정말 문 앞에서 지키고 있을지도 몰라.'

쓴웃음을 지으면서 레베카는 침대 위에 여행 가방을 내팽개쳤다.

안에서 꺼낸 것은 엄마의 유품인 보라색 드레스. 아버지가 처분하기 전에 간신히 한 벌만 숨겨둔 것이었다.

지금까지 한 번도 입어본 적이 없다.

드레스에 깃든 엄마의 추억을 망가뜨릴 것 같아서 두려웠기 때문이다.

처음 몸에 걸친 실크 로브데콜테(여성용 야회복)는 가볍고 부드러웠다.

대담하게 어깨를 드러낸 튜브톱 스타일. 허리는 잘록하고, 흐르듯 퍼지는 치맛자락은 땅에 끌린다.

엄마가 젊었을 때 입었던 드레스일 것이다.

가슴에 주름이 약간 잡혀 있는 것 말고는 아무 장식이 없는 수수한 드레스지만, 우아하고 화려했다.

사이즈도 맞춘 듯이 꼭 맞았다.

레베카는 드레스에 어울리게 머리를 올리고 핀으로 고정한다.

마무리는 『아이리스』.

아버지가 엄마를 위해 만들었다는 아이리스 정원을 보는 동안에 그라스의 그 향수 가게에서 옛날과 똑같은 레시피로 조향해 주었다.

향수병의 마개를 열어 손에 조금 덜자 그리운 제비꽃 향이 퍼졌다.

이것이 아이리스 향.

엄마가 물려준 향기…….

얼마 동안 추억에 잠겨 있는데 옆방에서 희미한 소리가

났다.

아버지가 돌아온 모양이었다.

레베카는 일어서서 아버지 방으로 향했다.

뒤퐁 부인은 그런 레베카를 멍한 표정으로 바라보았지만, 그 이상은 아무 말도 하지 않았다.

레베카는 아버지의 방문 앞에서 심호흡을 한 번 했다.

그러고 나서 문을 두드렸다.

똑, 똑, 똑.

"아버님. 저예요."

아버지는 프런트에서 레베카가 돌아왔다는 사실을 듣고 이미 알고 있을 것이다.

문 너머로 말을 걸자 안에서 중후한 목소리가 되돌아왔다.

"열려 있으니 들어오너라."

레베카는 무거운 문을 밀었다.

나직이 삐걱하는 소리가 나더니 문이 열렸다.

아버지는 긴 소파에 앉아 있었다. 레베카를 보려고도 하지 않고 괴로운 음성으로 말했다.

"지금까지 어디에 다녀온 거냐."

레베카는 대답하지 않았다. 조용히 아버지에게 다가갔다.

"레베카. 왜 대답을 하지 않는 거냐. 적당히 하지 않으면…….”

화가 난 아버지가 눈살을 찌푸리며 고개를 들었다.

그 어두운 색의 눈동자가 레베카의 모습을 확인한 순간 놀라움에 커졌다.

“아이리스…….”

제 의지가 아니라는 것처럼 뒤누아에 백작은 자리에서 벌떡 일어났다.

“설마…… 아이리스……?”

그 목소리가 흔들리고 입술이 파르르 떨린다. 놀라움으로 가득 찬 눈빛. 뺨은 창백하다.

“아니… 아니야……. 레베카, 로구나……?”

레베카는 미소 지었다.

“네. 저예요. 아버님.”

아버지는 실이 끊긴 마리오네트 인형처럼 비틀거리며 의자에 털썩 주저앉았다.

“괜찮으세요? 아버님.”

아버지는 깍지 낀 양손을 이마에 대고 고개를 떨구고 있다.

아버지의 약한 모습을 처음 봤다. 뒤누아에 백작은 언제나 곧은 등의, 범접할 수 없을 정도로 위엄을 갖춘 사람인데…….

주저앉은 아버지의 입술에서 신음 소리 같은 중얼거림이

새어나왔다.

"놀랐다……. 아이리스가 살아 돌아온 줄 알았어……."

레베카는 아버지의 옆에 걸터앉아 얼굴을 들여다보듯 가까이 다가가 물었다.

"제가 어머니와 닮았나요?"

아버지가 얼굴을 들었다. 평소와 다른 힘없는 눈빛이 레베카를 사로잡았다.

"똑같아."

"정말요?"

아버지의 손가락이 레베카의 눈가에 살며시 닿았다.

"특히 이 보라색 눈동자. 아이리스를 꼭 빼닮았어."

레베카는 아버지가 지금 자신의 모습에서 엄마를 보고 있다는 기분이 들었다. 어쩌면 아버지의 눈에는 사별한 아내가 다시 돌아온 것처럼 보이는지도 모른다.

그 진지한 눈빛을 보면 알고 싶지 않아도 알 수 있다.

아버지는 엄마를 잊지 않았다. 잊기는커녕 이렇게 동요할 정도로 선명하게 기억하고 있다.

"드레스가 눈에 익구나. 혹시 아이리스가 입던 드레스냐?"

아버지의 물음에 레베카는 고개를 끄덕였다.

"네. 맞아요."

"설마 아이리스의 물건이 아직 남아 있을 줄은 몰랐다.

전부 처분하라고 했을 텐데…….”

“아버님이 메이드에게 그렇게 명령하시는 걸 듣고 메이드 몰래 한 벌만 숨겨두었어요.”

사정을 밝히자 아버지는 ‘그렇구나’ 라며 나지막하게 한숨을 쉬었다.

“죄송해요, 아버님. 하지만 어머니의 추억이 전부 사라지는 게 싫었어요. 어머니가 안 계시면 너무 외로울 테니까요, 조금이라도 좋으니 어머니의 기억을 간직하고 싶었어요.”

레베카는 딸이 자신을 거역했다는 걸 알고 아버지가 분노하는 건 아닐까 걱정했지만, 아버지의 목소리는 차분했다.

“사과할 필요 없다. 너는 어렸어. 엄마의 온기를 그리워하는 게 당연해.”

“아버님…….”

“아이리스의 유품을 모두 처분해서 나를 원망한 게냐?”

원망하는지 원망하지 않은지 어느 쪽인지 선택해야 한다면 역시 원망스러운 마음이 이길 것 같은 기분이 든다.

“그건… 조금요…….”

조심스럽게 대답하자 아버지는 시선을 떨궜다.

“하지만 나는 견딜 수 없었다. 아이리스가 썼던 것, 아이리스가 좋아했던 것, 아이리스와 함께 사랑했던 것, 그 하나하나가 나를 괴롭혔어. 아이리스가 두 번 다시 돌아오지 않는다는 사실을 내 의지와 상관없이 상기시켰다."

"어머님을 사랑하셨군요."

"그래. 진심으로 사랑했다……. 가능하다면 아이리스와 함께 죽고 싶을 정도로……."

가만히 손을 뻗어 아버지의 팔을 잡자 아버지도 레베카의 손을 잡았다.

부녀 사이인데도 이런 식으로 손을 잡은 게 참으로 오랜만의 일이다.

아버지와 레베카 사이를 멀어지게 한 것은 깊은 슬픔.

아버지에게도 레베카에게도 엄마와의 추억이 또렷하게 각인되어 있었다.

"물론 아이리스의 물건을 처분한 이유는 카트린느를 위한 것도 있다."

아버지의 목소리는 괴로움이 묻어났지만 이내 침착해졌다.

"카트린느와 재혼 이야기가 오갈 즈음, 솔직히 망설였다. 너는 아직 어렸고, 내 마음속에서 아이리스의 모습이 지워지지 않았다는 걸 알고 있었기 때문이다. 하지만 주위에서 강력하게 권유하는 터라 결국 내 뜻을 굽혀야 했다."

"죄송해요. 아버지. 제가 아들이었다면 좋았을 텐데……."

만약 그렇다면 뒤누아에가를 이을 수 있다.

“한 번도 그렇게 생각한 적은 없다.”

아버지가 강하게 고개를 저었다.

“후계자는 될 수 없을지언정 네가 내 소중한 딸이라는 점은 변하지 않아.”

“아버님.”

“다행히 카트린느는 도나티앙을 낳아주었어. 나는 카트린느에게 감사하고 있다.”

“카트린느를 사랑하세요?”

“예전에 아이리스에게 쏟았던 사랑과는 다른 종류의 감정이지만 물론 사랑한단다.”

그 말을 듣고 왠지 모르게 마음이 놓인다.

만약 아버지가 카트린느를 후계자를 낳기 위한 도구로밖에 여기지 않는다면 그 사실 하나만으로도 아버지를 용서할 수 없을 것 같았기 때문이다.

“카트린느와 재혼이 결정됐을 때 나는 아이리스와의 추억을 모두 버리기로 마음먹었단다.”

아버지의 목소리는 아련했다.

“카트린느는 젊었고 초혼이었지. 그게 아니더라도 내가 언제까지고 아이리스의 기억에 얽매어 살아가는 모습을 본다면 카트린느도 기분이 좋지 않겠지.”

“분명 그럴 거예요.”

레베카 역시 카트린느의 입장에서 생각해 봤을 때 남편이 사별한 전처를 잊지 못하고 자신을 돌아보지 않는다면 매일 눈물로 지새울 것이 틀림없다.

하지만…….

"몰랐어요……."

레베카의 가슴이 놀람으로 가득 찬다.

아버지가 남을 깊게 배려할 줄 아는 사람이라고는 생각해 보지도 않았는데…….

"의사에게 아이리스의 생명이 얼마 남지 않았다고 들었을 때에는 절망에 빠져 눈앞이 깜깜해졌다. 아이리스가 없는 세상에서 어떻게 살아가야 할지 갈피를 잡을 수가 없었다."

속마음을 털어놓는 아버지의 목소리는 몹시 어두웠다. 아내의 죽음을 알게 된 아버지가 얼마나 망연자실했을지 지금 이렇게 이야기를 듣는 것만으로도 짐작이 갈 정도다.

"나날이 수척해지는 아이리스의 모습을 보고 싶지 않았던 까닭에 아이리스가 자리에 누워 지내게 된 뒤로는 보러 갈 수 없었다. 아이리스에게 하루하루 죽음이 닥쳐오고 있다는 걸 인정하기 싫었다."

"……아버님."

"이렇게 한심한 나를 아이리스는 원망했겠지. 자신의 남편은 병을 얻은 아내를 바로 내치는 무책임한 남자라고 한

탄했겠지. 하지만 나는…….”

엄마는 전부 알고 있었다.

자신의 남편이 아내의 죽음을 견디지 못하리란 것도, 자신의 죽음으로 남편이 깊이 상처받으리라는 것도, 전부 예상하고 어린 레베카에게 유언을 남긴 것이다.

“어머니…….”

엄마 또한 아버지를 깊이 이해하고 진심으로 사랑하고 있었다.

그 마음을 지금 전해야―

“아버님. 보세요.”

레베카는 양손을 내밀었다.

“기억하세요?”

손바닥 위에는 엄마가 물려준 향수병이 있다. 아버지의 눈동자가 다시 커졌다.

“아버님. 저, 그라스에 다녀왔어요.”

“레베카, 너…….”

“아버님이 어머니에게 선물한 향수죠?”

아버지가 고개를 끄덕였다.

“그래, 아이리스의 향수다……. 아이리스의 이름에 맞춰서 아이리스 향으로 특별히 조향했는데, 이것도 메이드 몰래 훔친 것이냐?”

“아니요.”

레베카는 살며시 웃었다.

"이건 어머니가 돌아가시기 직전에 주셨어요."

"아이리스가……."

"어머니가 말씀하셨죠. '이건 이 세상에서 엄마가 사랑한 오직 한 사람이 엄마를 위해 만들어준 향수야' 라고. '언젠가 그 사람에게 엄마가 이 세상에서 가장 사랑했다고 부디 전해주렴' 이라고."

"아아……. 아이리스……. 아이리스……."

"죄송해요, 아버님. 늦게 전해서. 그라스에 갈 때까지 그 사람이 아버님이란 걸 몰랐어요."

아버지의 입술에서 울음이 새어나온다.

처음 듣는 아버지의 통곡.

아버지는 양손으로 머리를 감싸고 그저 울고만 있었다.

레베카의 가슴에도 안타까움이 차올랐다.

아버지가 이렇게 울 수 있는 사람이란 걸 지금까지 몰랐다.

"아버님이 어머니를 위해 만드신 아이리스 정원도 봤어요."

"그랬구나……. 그랬구나……."

"때마침 꽃이 필 시기라 무척 예뻤어요."

가능하다면 아버지와 엄마와 세 사람이서 그 아이리스 정원을 보고 싶었다.

누구보다도 엄마가 그것을 바라고 있었을 텐데…….

"이제야 알 것 같아요. 저야말로 아버님을 고통스럽게 하는 존재였군요."

레베카의 말에 아버지는 힘없이 어깨를 늘어뜨렸다.

"솔직히 하루하루 아이리스를 닮아가는 널 보기가 괴로웠다. 너를 보고 있으면 싫어도 아이리스가 떠올라."

"그렇군요……."

"하지만 한편으론 너는 내 희망이기도 했다. 조금이라도 더 곁에 두고 싶어서 기숙학교에도 보내지 않았고, 혼담도 번번이 거절했다."

"정말요?"

"너는 모르겠지만 사교계에서 네 인기가 상당했다. 내 안에서는 아름다운 딸을 자랑하고 싶은 마음과 네게 나쁜 녀석들이 꼬일까 걱정스런 마음이 언제나 격렬히 다투고 있었다."

그랬구나. 그런 것이었나.

그래서 사교 무도회에도 자주 데리고 가지 않았던 건가.

'정말 몰랐어…….'

혹시 늘 수수한 옷만 입혔던 것도 필요 이상으로 예의 바르게 훈육한 것도 전부 그 때문인가?

모든 게 아버지의 사랑에서 비롯된 것이었어?

'어쩌면 그리도 서투를까…….'

지금까지 아버지는 전능한 신과 동등한 존재라고 생각했다. 레베카에게 아버지는 그만큼 절대적이었다.

하지만 아버지의 본모습은 다르다.

이렇게도 서투르고 고집불통에 겁쟁이에, 그리고 가엾다…….

이것이 엄마가 사랑한 사람인 것이다.

처음으로 이 사람이 아버지라서 다행이라고 생각했다.

그날 엄마는 아버지에게 전할 말을 부탁함으로써 레베카에게도 사랑을 물려주었다. 십 수 년의 시간이 흘러 오늘에서야 비로소 깨달았다.

레베카는 충분히 사랑받고 있었다.

아버지가 사랑하는 방식을 이해하지 못할 만큼 어렸던 것이다.

하지만 지금은…….

'이것도 애쉬 덕분일까……?'

애쉬와 보낸 나흘 동안 레베카는 달라졌다.

꼬집어 말할 수는 없지만, 아주 조금이라도 성장했다면 그것만으로도 무척 기쁘다…….

'애쉬…….'

머릿속에 떠오르는 영상에 가슴이 저리다. 보고 싶어, 보고 싶어, 라고 마음이 설레기 시작했다.

레베카는 심호흡을 한 뒤 마음을 진정시키려고 아버지를

다시 바라보았다.

별빛 아래에서 애쉬와 첫 키스를 나눈 그날 밤, 가슴에 남은 의문을 아버지에게 물어야 한다.

예전의 나였다면 묻지 못했겠지.

하지만 더 이상 도망가지 않아. 뜻대로 되지 않는 현실과 맞서야 한다는 것을 애쉬가 가르쳐 주었으니까.

"아버님. 한 가지 여쭤봐도 될까요?"

"무얼?"

"레이놀즈 씨에 대해서예요. 아버님은 왜 레이놀즈 씨와 저를 결혼시키려고 하셨어요?"

아버지에게는 쉽게 대답하기 어려운 질문일 것이다.

침묵하는 아버지에게 레베카는 질문을 이어갔다.

"잘못 짚었다면 죄송해요. 혹시 뒤누아에 백작가가 돈 때문에 곤란한가요?"

아버지에게 미움받고 있다고 생각할 때는 아버지가 자신을 집에서 쫓아내기 위해 미국인과 결혼시키려 한다고 철석같이 믿었다.

하지만 아버지는 아버지 나름의 방식으로 한결같이 레베카를 사랑하고 있었다.

그렇다면 왜 미국인인 레이놀즈 씨와 서둘러 결혼시키겠다고 결정한 걸까?

기숙학교에 보내지 않을 정도로 레베카를 곁에 두고 싶

어 했다면 당연히 더 가깝게 사는 상대를 찾을 테고, 이렇게 결혼을 서두를 필요도 없다.

그런데도 꼭 레이놀즈 씨여야만 하는 이유가 뭘까?

고민에 고민을 거듭한 끝에 얻은 결론은 하나.

그것은 레이놀즈 씨가 대부호이기 때문이다.

애쉬에게는 레이놀즈 씨가 뒤누아에 백작의 이름을 이용하고 싶어 한다고 말했지만, 상대를 이용하고자 하는 쪽은 사실 아버지였을지도 모른다.

레베카의 말에 아버지는 살짝 화난 표정을 지었다.

"네가 편하게 살 정도의 돈은 있다."

레베카는 가볍게 고개를 저었다.

"저는 괜찮아요."

레베카에게는 엄마가 물려준 유산이 있었다.

그리고 일해서 벌 수도 있다. 괜찮다. 짐꾼이든 생선 장수든 마음만 먹으면 무슨 일이든 할 수 있다.

"하지만 도나티앙은요? 다음 뒤누아에 백작이 될 도나티앙에게 지위에 걸맞은 재산을 남겨줘야겠지요."

남동생인 도나티앙의 이름을 입에 올린 순간 아버지는 말을 얼버무렸다.

귀족이라고 하면 듣기에는 좋지만 그 체면을 유지하는 데 막대한 비용이 들어간다.

예를 들면 지금 레베카 가족이 살고 있는 저택. 광활한 토지와 넓은 주택을 유지하기 위한 고용인의 수를 생각하면 급료만도 상당할 것이다.

그것이 아니더라도, 시대가 변했다. 이제 이미 사회는 귀족을 중심으로 돌아가지 않고, 사유지에서 들어온 수입으로 삶을 영위하던 시대는 지났다. 귀족이라도 비즈니스와 무관할 수 없었다.

하물며 유럽은 제2차 세계대전을 겪으면서 모든 나라의 경제가 피폐해진 상황이었다.

아버지의 탓만은 아닌 것이다.

역사가 격동하는 지금 누구나 시대에 희롱당하고 있다.

"……실은 출자한 무역회사의 상황이 그다지 좋지 않구나."

아버지는 한참 동안 주저한 끝에 겨우 운을 뗐다. 자존심이 센 아버지로서는 입 밖으로 꺼내기까지 엄청난 용기가 필요했을 것이다.

레베카는 물었다.

"제가 레이놀즈 씨와 결혼하면 그 상황이 호전되나요?"

아버지가 깜짝 놀라 레베카를 보았다.

"그렇게 되겠지. 하지만 너를 레이놀즈 씨와 결혼시키려 한 건 그것 때문만은 아니다."

아버지의 목소리는 고뇌로 가득했다.

"레이놀즈 씨는 장래가 유망한 인물이라고 생각한다.

앞을 내다보는 안목도, 내다본 일을 현실로 만들어가는 힘도 있다. 즉, 머리가 좋고 행동력이 있고 마음도 강한 사람이지."

"……대단한 사람, 이군요."

"성격이 밝고 대범해. 대인 관계도 아주 원만하지. 어렸을 때부터 조부인 선대 사장의 곁에서 회사 경영에 대해 열심히 공부했다고 들었는데, 사업에 있어서는 뒤에서 계략을 꾸미는 걸 좋아하지 않고 철저히 정공법으로 돌파하는 스타일이라더구나. 요즘 시대에 보기 드문, 정직한 청년이야."

아버지가 그런 식으로 누군가를 칭찬한 적이 거의 없다.

분명 레이놀즈라고 하는 사람은 대단히 훌륭한 인물일 것이다.

"그런 분이라면 저도 행복하게 해주겠지요?"

"레베카……."

"아버님. 저 레이놀즈 씨와 만나겠어요."

레베카는 단호한 어조로 그렇게 말했다.

"미안하구나……. 레베카. 정말 미안하다……."

아버지의 눈에서 다시 눈물이 흘렀다.

아버지는 많은 것을 이야기하려고 하지 않았지만 그 모습을 보고 있자니 뒤누아에가의 경제 상황이 절박하다는 건 명백한 사실이었다.

레베카가 레이놀즈 씨를 거절해서 레이놀즈 씨의 원조를 받을 수 없게 된다면 살림을 꾸리기가 어려울 정도로 심각한 상황임이 분명했다.

그렇지 않다면 아버지가 레베카의 결혼을 서두르는 이유를 달리 찾을 수 없다.

그럼에도 아버지가 자신의 장래를 무시한 것은 아니라는 사실을 레베카는 깨달았다.

이 세상에 부자는 얼마든지 있다. 아버지의 사업에 출자해 주는 사람도 찾아보면 몇 명 있을 것이다.

아버지가 돈만 따져서 수많은 애인을 거느린 할아버지뻘 남자와 결혼하라고 해도 어쩔 수 없는 판국인데 젊고 성격도 좋아 보이는 레이놀즈 씨를 고른 것은 아버지의 사랑이자 배려였다.

희생양이라고 생각하지 않으리라.

모두 이렇게 될 운명이었던 것이다.

"그래서요?"

레베카는 물었다.

"레이놀즈 씨는 어떻게 말씀하셨나요? 이 결혼에 흔쾌히 응하던가요?"

대답하는 아버지의 목소리가 굳었다.

"솔직히 말하마. 레이놀즈 씨로부터 아직 결혼 승낙을 받지 못했다."

"무슨 말씀이세요?"

"너를 보고 이야기를 나눈 다음 결정하겠다고 하더구나."

요컨대 레베카가 어떤 여성인지 평가를 하고 나서 답을 하겠다는 이야기처럼 들렸다.

어제까지의 레베카가 이 말을 들었다면 '무슨 속셈인가요?' 라며 화냈을지도 모른다.

하지만 지금은 그럴 만한 상황이 아니라는 걸 깨달았다.

자신은 선택하는 쪽이 아니다. 선택 받는 쪽인 것이다.

"그렇다면 최대한 솜씨를 발휘해 꾸며야겠어요."

레베카는 미소 지었다.

"레이놀즈 씨의 맘에 들도록 최선을 다할게요."

레베카는 그날 아버지에게 전할 말뿐 아니라 아버지를 향한 사랑도 엄마에게 부탁받았다.

엄마를 대신해서 고집불통에 서투른 이 사람을 지켜줄 수 있는 건 자신뿐.

'그렇다면 내 몫을 다해야 해.'

마음이 확실해졌다.

망설임은 전혀 없었다.

설령 가슴속 싶은 곳이 시리고 아파도 절대로 후회하지 않겠다.

하지만 그 전에.

나는—

*　　　*　　　*

어두컴컴한 돌계단이 몹시도 그리웠다.

울면서 이곳을 달려 내려간 게 그제인데도 벌써 반년이나 지난 일처럼 까마득하게 느껴졌다.

문을 똑똑 두드리고 나서야 비로소 집에 없을지도 모른다고 생각했다.

없으면 어떻게 하지?

고민하기도 전에 조심스럽게 문이 열렸다.

레베카의 모습을 확인하고 갈색 눈동자가 온화하게 미소지었다.

"여어."

레베카도 미소 지었다.

"잘 지냈어요?"

인사는 조금 어색했을지 모른다. 애쉬의 얼굴을 본 순간 심장이 고장 날 것처럼 빠르게 뛰고 가슴이 죄어들었으니까.

"저기…… 보수는 잘 도착했어요?"

가이드료와 성공 보수를 합쳐서 어제 인편으로 보냈다. 자신이 가지고 오면 받아주지 않을 것 같았기 때문이다.

"응, 받았어. 고마워."

"그래요. 다행이네요."

"오늘은 그 이야기를 하러?"

"그것도 있지만……."

애쉬는 문을 반쯤 연 채 현관에 우두커니 서 있었다.

애쉬에게 레베카는 더 이상 고용주가 아니다. 그래서 집으로 들이지 않는 거라고 생각하니 몹시 슬퍼졌다.

'이대로 돌아갈까?'

약한 마음이 얼굴을 내밀었다.

'안 돼.'

애써 용기를 짜내 이곳까지 왔는데 돌아갈 수 없었다.

이번이 마지막이다. 내일은 레이놀즈 씨와 만나야 한다.

아버지에게도 엄마의 향수 때문에 신세를 진 사람들에게 인사를 하러 가겠노라고 말하고 오늘만 특별히 외출 허가를 받았다.

오늘을 놓치면 애쉬를 두 번 다시 볼 수 없다.

"저…… 혹시 누가 오기로 했나요?"

"아니. 나 혼자야."

"혹시 괜찮다면 말이죠. 안에 들어가도 될까요?"

애쉬의 미소가 깊어졌다.

"내가 너를 되돌려 보낼 거라고 생각해?"

"그러지 않으면 좋겠어요."

애쉬는 어깨를 으쓱한 뒤 문을 활짝 열고 과장된 몸짓으로 고개를 숙였다.

"어서 오세요. 아가씨. 들어오시지요."

"고마워요."

크게 주눅 들었지만 레베카는 숄을 어깨에서 벗으면서 방에 발을 들여놓았다.

"아무 데나 앉아. 카페오레 괜찮아? 샴페인은 없지만 와인은 있어."

"저… 아무것도 필요 없어요. 신경 쓰지 않아도 돼요……."

대답하면서 좁은 방 안을 둘러본다.

전부 그때 그대로다.

의자도 커튼도 귀여운 프로방스 도자기 잔도, 정다운 얼굴로 레베카를 맞아준다.

그럼에도 이곳에 자신의 자리는 없다고 강렬하게 느낀 것은 왜일까?

'그래도 나는……'

멍하니 실내를 바라보던 레베카는 문득 전에는 없었던 물건이 선반에 놓여 있는 것을 발견했다.

"이거, 레코드 플레이어네요. 샀어요?"

"응. 듣지도 못하는 레코드판만 샀다간 네가 또 비웃을 것 같아서."

그 말투에 살짝 쓴웃음을 지으면서 레베카는 장갑 낀 손으로 선반에서 레코드를 골라 애쉬에게 내밀었다.

"오늘 밤은 들을 수 있겠군요."

"좋아. 잠깐만 기다려."

애쉬가 앨범 재킷에서 레코드를 꺼내 턴테이블에 올리고 바늘을 내렸다.

처음엔 파직파직 하고 건조한 소리가 나더니 잠시 후 나른한 멜로디가 흘러나오기 시작했다.

에디트 피아프의 『장밋빛 인생』.

지겨울 정도로 곳곳에 울려 퍼지던 대히트곡이 오늘 밤은 평소와 다른 감동을 선사한다.

의자에 앉는 것도 잊고 귀를 기울이고 있는데 애쉬가 가슴에 손을 대고 천연덕스러운 표정으로 말했다.

"아가씨. 저랑 한 곡 추시지 않겠습니까?"

레베카는 미소로 화답하지도 못한 채 내민 손을 잡았다.

애쉬의 손이 허리에 둘러진다. 애쉬가 바짝 끌어안자 심장이 두근거린다.

서로의 몸이 밀착되자 싫어도 그날 밤의 일이 떠오른다.

부드러운 키스였다.

분명 그 키스로 마음이 녹았을 것이다. 그 키스가 없었다면 진실에 이르지 못했다.

에디트 피아프는 사랑의 기쁨을 관능적인 목소리로 노래

하고 있다.

이전에 들었을 때는 솔직히 전혀 좋다고 느끼지 않았다. 지나치게 달콤한 말만 나열한 이 진부한 가사가 왜 이렇게 대중에게 사랑받는 건지 이해할 수 없었다.

그럼에도 불구하고 오늘 밤은 똑같은 곡이 레베카의 마음에 애절하게 스며든다.

사랑은 달콤한 것, 마음을 녹이는 것. 하지만 그만큼 괴롭고 마음을 병들게 하는 것이라고 절절하게 호소한다.

멍하니 듣고 있는데 애쉬가 레베카의 귓가에 살며시 속삭였다.

“어떻게 된 일이야? 오늘은 무지 어른스럽네.”

레베카는 뺨을 빨갛게 물들이며 대답했다.

“엄마의 유품인 드레스예요.”

“잘 어울려. 몰라봤어.”

“정말요?”

“응. 무척 예뻐.”

그저 빈말일 수도 있다. 그래도 좋았다. 오늘 밤만큼은 애쉬의 모든 말에 솔직해지고 싶다.

“이것이 『아이리스』의 향기?”

“알겠어요?”

이곳에 오기 전에 약간 뿌렸을 뿐인데 지금도 또렷하게 향이 남아 있다.

"정말 제비꽃 향이네."

"신기하죠. 아이리스의 뿌리를 말리면 이런 향이 된다니 누가 처음 발견했을까요?"

"그래서?"

"네?"

"넌 무슨 이야기를 하러 여기에 온 거야?"

갑작스런 질문에 몸이 굳었다.

레베카는 스텝을 밟지도, 몸을 움직이지도 못하고 우두커니 서서 애쉬를 올려다보았다.

갈색 눈동자는 웃고 있지 않았다. 다만 똑바로 레베카를 응시하고 있었다.

"나……."

할 말은 처음부터 정해져 있었다. 그렇게 하려고 결심한 순간부터 몇 번이고 몇 번이고 반복해서 머릿속으로 연습했다.

그런데도 막상 입 밖으로 꺼내려고 하니 목소리가 흔들리고 입술이 파르르 떨렸다.

"애쉬…… 나……."

"뭐?"

"당신과… 당신과 사랑을 하기로 했어요……."

용기를 마지막 한 방울까지 쥐어짜 내 한 말이었다. 그런데 애쉬는 코웃음을 쳤다.

"나랑 신분이 다르다고 하지 않았나?"

투레트쉬르루에서는 그렇게 말했을지도 모른다.

하지만 그때는 애쉬를 좋아한다는 걸 인정하기가 두려워서 자신의 감정에서 도망치고 싶은 마음뿐이었다.

"그건 일종의 방어막이었어요. 그렇게 말하면 당신도 그 이상 무례한 행동을 하지 않을 거라 생각했죠."

"그랬군. 무례한 행동, 이었군."

"게다가 당신이 그랬죠. '사랑을 하는 데 신분 따윈 상관없어' 라고."

"분명 그랬지."

애쉬는 어깨를 으쓱하고 나서 다소 짓궂은 눈을 했다.

"하지만 너는 이렇게도 말했지. '결혼을 앞둔 여자가 이런 행동을 해서는 안 돼요' 라고."

"……."

"그건 어떻게 변명할 셈이야?"

아, 정말 말꼬투리 잡는 데는 일가견이 있다니까.

'왜 내 마음을 몰라주는 거지?'

이렇게 심장이 부서질 정도로 두근대는데.

레베카는 입술을 앙다물고 애쉬를 노려보았다.

애쉬는 생글생글 웃으면서 레베카의 답을 기다리고 있다.

"왜냐하면……."

"왜냐하면?"

"결혼하게 되면 사랑을 할 수 없잖아요."

"레베카……."

"아니면, 나는 싫어요? 나와는 사랑도 할 수 없는 건가요?"

애쉬의 갈색 눈동자에 웃음기가 가득 찬다. 다정하게, 다정하게 미소 지으며 레베카를 품에 안는다.

"그럴 리 없잖아."

"애쉬……."

"그거 알아? 난 진즉부터 널 사랑하고 있었다고."

등에 둘러진 두 팔이 레베카를 꼭 끌어안았다. 팔에 실린 억센 힘도 넓은 팔의 온기도 레베카가 사랑스러워 죽겠다고 말하는 것 같았다.

"사랑해. 레베카."

속삭임만으로 가슴이 이렇게 달콤하게 녹아내릴 줄은 미처 몰랐다.

"나도요……. 나도 당신을 사랑해요."

사랑한다는 말을 듣고 사랑한다고 대답하는 기쁨.

이것만 있으면 앞으로 무슨 일이 일어나도 살아갈 수 있다.

애쉬의 가슴에 얼굴을 바싹 붙이고 레베카가 물었다.

"언제부터 내가 좋았어요?"

피부를 통해 전해오는 애쉬의 심장박동도 조금 빨라진 기분이었다.

"언제부터일까? ……모르겠어. 정신을 차려보니 좋아하고 있었어. 너는?"

"나도요. 정신을 차렸을 때는 이미 좋아하고 있었죠."

"언제 알게 된 거야?"

"아무래도 투레트쉬르루에서였을까요? 당신에게 '그만 할게' 라는 말을 듣고 심하게 상처 받았어요. 당신에게 그런 것을 할 가치도 없는 시시한 여자인 건 아닌가 싶어서 무척 슬펐어요……."

애쉬의 손이 레베카의 뺨을 감싼다. 커다란 손이다. 그리고 따뜻하다.

"레베카. 남자 앞에서 그런 말을 하면 안 돼."

애쉬의 입술이 머리카락에 닿았다.

"남자는 네가 생각하는 것보다 훨씬 단순한 생물이거든. 그런 말을 들으면 오해한다고."

"오해? 어떤?"

"네가 이대로 내 것이 돼주진 않을까 하는 오해."

레베카는 애쉬의 가슴에 손을 대고 살며시 얼굴을 들었다.

애쉬는 농담인 양 웃고 있지만 갈색 눈동자에는 어딘지 괴로운 기색이 감돌고 있었다.

레베카도 그것이 무엇인지 모를 정도로 아이는 아니다.

“나는 이미 당신의 것이에요.”

“무슨 뜻이야?”

“당신이 생각한 그대로의 의미죠.”

애쉬의 얼굴에서 미소가 사라졌다.

“진짜 한다?”

“네. 진심으로 해요. 나도 진심이에요.”

“레베카…….”

두 손이 볼을 감쌌다.

눈꺼풀 위로 부드러운 키스가 내려앉는다.

레베카의 등과 무릎 뒤로 팔이 둘러졌다.

억센 팔은 레베카를 번쩍 안아 들고 침대로 데려갔다.

깨지기 쉬운 물건처럼 시트 위에 조심스럽게 내려놓는다. 레베카가 시선을 들자 바로 눈앞에 갈색 눈동자가 있다.

침대 위에 마주 보고 앉아 손을 잡았더니 신기하게도 마음이 차분해졌다.

지금부터 자신이 하려고 하는 것은 엄청난 일일지도 모른다.

아버지가 안다면 ‘그런 딸로 키우지 않았다’ 라며 불같이 화를 낼 것이 분명하다.

레베카도 자신이 설마 이런 부정한 짓을 저지르리라곤

생각지도 못했다.

하지만…….

'오늘뿐이야…….'

오늘이기 때문에 허락하는…….

가족을 위해 레이놀즈 씨와 결혼할 결심은 굳건했다.

만약 결혼한다면 매우 정숙한 아내로서 레이놀즈 씨에게 최선을 다할 생각이었다.

하지만 마지막으로 한 번만, 추억을 갖고 싶다.

이것이 처음이자 마지막 사랑.

처음은 가장 좋아하는 사람과 하고 싶다.

물끄러미 바라보니 애쉬의 입술이 다가왔다.

손을 잡은 채로 부드럽고도 조심스럽게 키스한다. 각도를 바꾸면서 작은 새가 부리로 쪼듯이 몇 번이고 몇 번이고 몇 번이고.

키스는 신기하다.

아무리 많이 해도 질리지 않는다. 언제까지나 이렇게 키스하고 싶다.

조금씩 아주 조금씩 입술과 입술이 맞닿는 시간이 길어진다. 그리고 키스가 깊어져 간다. 서로 혀를 감고 달뜬 숨을 나눈다.

몰랐다. 키스의 종류가 이렇게 다양하다는 걸.

입술만 닿는 키스는 무척 부드럽고 따뜻하다. 포근하고

기분이 좋다.

하지만 혀가 얽히는 순간 키스는 음란한 것으로 돌변한다.

누군가 강한 힘으로 꽉 쥐는 듯 머릿속이 마비되고 뜨거운 것이 촉촉하게 녹아 나온다. 온몸에 힘이 빠지고 숨이 가쁘고, 그리고 깊은 곳이 요염하게 꿈틀대기 시작하는데…….

가만히 있으면 미칠 것 같아서 두 팔로 애쉬에게 매달리자 억센 팔이 감싸 안아 시트 위에 눕혔다.

어느샌가 드레스도 속옷도 벗겨져 나갔다.

오롯이 드러난 가슴을 양손으로 가리면서 레베카는 미간을 찡그렸다.

보호막이 사라져 불안해하는 모습을 애쉬가 고스란히 보고 있다고 생각하니 부끄럽고 또 부끄러워서 볼이 뜨거워졌다.

“비겁해요. 나만 이렇게.”

애쉬는 가볍게 숨을 삼키고 아무 말 없이 옷을 벗기 시작했다.

애쉬가 입고 있는 옷은 평상시와 같은 티셔츠와 블루진.

티셔츠에는 단추가 없어서 앞이 열리지 않는다. 양손으로 밑단을 걷어 올려 머리로 벗게 되어 있는데, 그때 티셔츠 아래로 힘차게 움직이는 근육이 살짝 드러나 묘하게 섹

시하고 두근거렸다.

매끈한 허리에는 짙은 그늘이 새겨져 있다. 가슴도 탄탄해서 생각했던 것 이상으로 강인하고 아름다운 몸이다.

알몸이 된 애쉬의 가슴에 가만히 손을 뻗고 레베카는 물어보았다.

"……만져도 돼요?"

"응……."

되돌아온 목소리는 무슨 이유에선지 조금 잠겨 있었다.

허락을 받고 만진 피부는 뜨겁고 무척 단단했다. 손끝으로 견고한 근육의 감촉이 전해져 온다.

이것이 남자인가.

남자의 단련된 몸.

나와는 너무 다르다. 같은 종족인데도 남자와 여자는 이렇게나 다른 것이다.

그 신비함에 물끄러미 바라보고 있자 애쉬가 쓴웃음을 지었다.

"오늘밤은 제법 대담하군."

그럴지도 모른다.

평소의 자신이라면 할 수 없는 행동이었다.

"기억해 두고 싶은걸요."

애쉬의 쓴웃음이 깊어졌다.

"두 번 다시 못 볼 것처럼 말하네."

아차 하고 레베카는 마음속으로 자신의 실수를 후회했다.

애쉬에게는 레이놀즈 씨와 결혼할 생각인 것도, 오늘 밤을 마지막으로 두 번 다시 만나지 않을 생각이라는 것도 말하지 않겠다고 결심했다.

그것이 얼마나 잔혹한 일인지는 너무 잘 알고 있다.

하지만 본심을 말하고 싶지는 않았다. 이야기하면 '바보 같은 생각하지 마' 라고 뿌리칠지 모른다.

'그것만은 싫어.'

이 순간으로도 족하다. 꿈을 꾸고 싶다. 애쉬와 달콤한 사랑을 하고 싶다. 남은 일생도 깊이 깊이 서로 사랑하고 싶다.

"오늘은 내 일생에서 가장 특별한 날이니까 하나도 잊어버리고 싶지 않아요."

절반은 애쉬를 속이기 위한 말이었지만, 남은 절반은 거짓 없는 진심이었다.

"나… 처음이라서……."

애쉬의 손이 레베카의 뺨을 감쌌다.

"나는 기억할 거야."

"애쉬……."

"사랑해. 레베카. 정말 예뻐."

애쉬가 부드럽게 끌어안았다.

몸 위에서 느껴지는 애쉬의 무게.

직접 닿는 체온이 기분 좋다.

"그거 알아?"

귓불에 입을 맞추고 애쉬가 말했다.

"동양에서는 귓불이 도톰한 사람은 행운이 온다고 한대."

"귓불?"

"네 귓불도 도톰해서 귀여워."

그 말 한 마디로 옅은 열기가 올라와 레베카는 몸을 비틀었다.

"귀를 제대로 본 적이 없는 걸요."

매일 거울을 보지만 유심히 본 적은 지금까지 한 번도 없는 것 같다.

촉촉한 감촉이 귓불을 스쳤다.

"색도 예쁜 장미색이라서 무척 맛있어 보여."

속삭임과 동시에 귓불을 먹혀 버렸다.

애쉬가 깨물자 등줄기가 찌릿하다.

"읏……. 더 이상 만지면 안 돼요."

레베카는 참을 수 없어서 두 손으로 귀를 가렸다.

"그런 말을 들으면 내일부터는 다른 사람들 앞에서 귀를 보일 수 없을 것 같아요."

귀는 노출된 곳인데도 다른 사람이 보고 있다고 생각하

면 부끄러워질 것 같다.

"어째서? 귀여운데."

"아무튼 안 되는 건 안 돼요."

"그럼 다른 사람이 볼 수 없는 곳은 어때?"

애쉬의 시선이 귀에서 가슴으로 옮겨간다.

"이쪽도 장밋빛에 맛있어 보이는데."

혀끝이 풍만한 가슴의 정점을 쓸었다.

갑자기 이런 일을 당하리라곤 생각지도 않았기 때문에 아무런 마음의 준비도 되어 있지 않았다.

깜짝 놀라 몸이 굳어진 사이에 애쉬는 조금씩 솟아오른 장밋빛 봉오리를 가볍게 빨아들였다.

애쉬가 다른 손으로 가슴을 한가득 움켜쥐고 부드럽게 주무르자 알 수 없는 짜릿함이 몸 안에 퍼져 나갔다.

"애쉬……. 안 돼요……. 그만……."

"왜?"

레베카의 가슴을 입에 머금은 채 애쉬가 묻는다.

"여기는 남이 볼 수 없는 곳이니까 부끄럽지 않겠지?"

그것조차 묘한 자극을 낳아 레베카를 당황하게 만들었다.

"그런 문제가 아니에요……."

"그럼 어떤 문제?"

"짓궂긴……."

금방이라도 울음을 터뜨릴 듯한 눈으로 애쉬를 흘겨보자 애쉬는 가볍게 고개를 저었다.

"난 짓궂지 않아. 그런 말을 하는 네가 훨씬 짓궂다고 생각하는데."

"내가……?"

"당신의 것이라고 말한 사람은 너잖아?"

"그건……."

분명히 그렇게 말했지만.

"네가 거짓말쟁이가 아니라면 나는 네 모든 곳에 키스할 권리가 있다고."

"……그런… 건가요……?"

정말 그런 걸까?

"너는 거짓말쟁이야?"

"아니요……."

"그렇지?"

애쉬의 갈색 눈동자에 웃음이 떠올랐다.

"그러니까 알겠어? 안 된다고 말하면 안 돼."

애쉬는 치사하다.

그렇게 놀리면 할 말이 없어진다.

항의의 뜻도 담아 입술을 앙다물자 애쉬는 레베카의 손을 잡고 손끝에 입을 맞춘다.

"네 몸 구석구석에 키스하고 싶어. 너를 독차지하고 싶어. 네가 내 것이라는 걸 확인하고 싶어."

"애쉬……."

"너도 같은 마음일 거라고 생각한 건 내 어설픈 짐작이었나?"

어린아이를 달래는 듯한 눈빛을 본 순간 레베카는 자신이 부끄러워졌다.

"그런 게 아니에요……. 하지만……."

"하지만?"

"갑작스러워서 조금 놀랐어요."

애쉬가 작게 소리 내며 웃었다.

"그럼 지금부터는 네가 놀라지 않도록 예고하기로 하지."

"네……?"

"우선 손바닥에 키스, 한다?"

애쉬의 입술이 손바닥을 내리누른다.

"다음은 손목, 그다음은 팔꿈치."

애쉬의 말대로 키스가 손목, 팔꿈치 순으로 팔을 더듬어 올라온다.

어깨까지 온 키스는 이번에는 쇄골, 가슴과 가슴 사이의 계곡, 명치, 그리고 몸을 타고 내려가는데…….

갑자기 키스 받는 것도 놀랐지만, 받기 전에 듣는 예고가 더욱 난처했다.

예고를 받자 다음에 키스 받을 곳이 신경 쓰여서 그곳을 훨씬 민감하게 만들었다.

몸이 애쉬의 키스를 애타게 갈구한다. 그런 자신이 한없이 음란하게 느껴져서 부끄러웠다.

억누르고 억누르려 하는 마음과는 정반대로 몸에는 열기가 쌓여갔다.

뜨겁다.

참지 못하고 입술에서 숨결이 흘러나온다.

"읏……."

예민하게 그것을 들은 애쉬가 쿡 하고 웃었다.

"기분이 좋아졌어?"

기분이 좋다?

"……그런 거, 몰라요……."

레베카의 대답은 무시하고 애쉬가 다음 장소를 예고한다.

"다음은 배꼽이야."

"아……."

"배."

"흣……."

"그리고 제일 기분 좋은 곳."

황금빛 수풀에 입술이 스쳤다. 당황해서 다리를 오므리려고 했지만, 애쉬는 허락하지 않았다.

"안 돼. 안 돼요, 애쉬."

레베카는 수치심에 몸을 비틀었다.

"그런 곳에 키스하지 말아요."

애쉬가 그럴싸하게 반론했다.

"안 된다고 하지 않겠다고 약속했지?"

"하지만……."

"괜찮아. 무서워하지 마. 나를 믿어."

혀끝이 풀숲을 헤치고 민감한 부위를 건드렸다. 축축한 감촉이 몇 번인가 오고가고, 그리고 굳게 닫힌 문을 열 듯 그 사이로 깊숙이 들어오는데…….

"싫어어… 읏……."

그 순간 한 번도 느껴보지 못한 짜릿한 전율이 등줄기를 타고 흘렀다.

한기와 비슷한 떨림.

반대로 몸은 머릿속이 하얘질 만큼 열기에 휩싸였다.

몸을 부르르 떠는 사이에 몸 어딘가에서 알 수 없는 무언가가 샘솟았다.

애쉬의 혀끝이 보드라운 곳을 쓸어 올릴 때마다 아무리 퍼 올려도 마르지 않았다.

"싫어요……. 애쉬… 그거, 이상……. 몸이 이상해요……."

"이상하다니, 어떤 식으로?"

애쉬의 질문에 레베카는 솔직하게 대답했다.

"뜨거워요. 그리고 굉장히 오싹해요. 머리가 어지럽고 눈앞에서 별이 반짝이는 것 같아요."

울고 싶은 심정으로 호소하는 레베카와는 정반대로 애쉬는 어딘지 모르게 즐거워 보였다.

"그것이 기분 좋다는 거야."

"기분 좋은 게 아니에요. 괴로워요……. 힘들어요……."

"그럼 더 기분 좋으면 되겠네. 그러면 편해질 거야."

"하지만……."

"편하게 해줄게."

애쉬의 혀가 잠들어 있는 작은 진주를 깨운다. 입술 사이에 넣고 희롱하자 레베카는 자신의 몸에서 일어나는 일들을 받아들이기 어려운 지경에 이르렀다.

"안 돼요……. 정말 안 돼……."

몸이 더욱 뜨거워졌다.

"나… 이상해… 요……."

그 뒤로는 더 이상 말이 나오지 않았다.

손끝까지 몸이 굳었다.

애쉬의 손길이 닿는 부분이 레베카의 의지가 미치지 않는 영역에서 제멋대로 부들부들 경련하듯 떨리고, 그리고…….

"—읏."

목소리가 아닌 비명이 레베카의 입술에서 터져 나왔다.

굳었던 몸에서 갑자기 스르르 힘이 빠졌다.

숨이 가쁘다. 심장 박동이 시끄러울 정도로 빠르다.

애쉬가 천천히 몸을 일으켜 시트 위에 늘어져 있는 레베카의 이마에 쪽 하고 입을 맞춘다.

“안 된다고 하지 않기로 약속했는데.”

“기분이 좋아진다면서요. 괴로웠다고요.”

애쉬의 얼굴에 쓴웃음이 떠올랐다.

“그건…… 절묘한 비유라고 해야 하나?”

“아직도 머리가 어질어질해요.”

머리는 물론이고 팔도 다리도 몸이 통째로 힘을 뺏긴 것처럼 노곤하다.

“오늘은 여기까지 할까?”

레베카는 무거운 눈꺼풀을 열어 애쉬를 올려다본다.

방금까지는 약간 짓궂고 게다가 강제적이었으면서 끝에는 이렇게 응석을 받아준다.

늘 그랬다.

단호한 말과 짓궂은 농담을 오가도 마음속으로는 레베카가 어떻게 하면 가장 좋아하는지 깊게 생각하고 배려해 준다.

그런 애쉬가 좋다.

애쉬를 사랑하게 되어서 다행이다.

"사랑해요. 애쉬."

레베카는 가만히 팔을 뻗어 애쉬를 끌어당겨서 그 이마에 입을 맞추었다.

"애쉬가 너무 좋아서 끝까지 사랑을 나누고 싶어요."

게다가 오늘을 놓치면 다음은 없다.

레베카가 애쉬의 연인일 수 있는 시간은 오늘 밤뿐…….

"레베카. 너는 몰라. 네 앞에서 신사적으로 행동하려고 내가 얼마나 참고 있는지 말이야."

애쉬의 갈색 눈이 희미하게 가늘어졌다.

"솔직한 심정으로는 욕망에 휘둘려 너를 안고 싶어. 이대로 네 모든 것을 뺏고 싶어."

"좋아요. 그렇게 해요."

레베카는 미소 지었다.

"말했죠? 나는 이미 당신의 것이에요."

애쉬는 말이 끝나자마자 뼈가 욱신거릴 정도로 강하게 끌어안았다.

입술이 깨물려 버릴 듯한 키스로 막혔다. 방금 전과는 전혀 다른 격렬함으로 혀를 옭아매고 빨아 당겨서 숨이 멎을 것 같다.

다시 깊은 곳에 축축하고 무거운 열기가 쌓이기 시작했다.

무릎이 벌어졌다. 믿기 어려울 정도로 넓게 벌어진 무릎 사이로 애쉬의 허리가 들어왔다.

닿은 것은 열기 덩어리였다.

부끄러워서 보지도 만지지도 못했던 것이 둔한 통증을 일으키며 좁고 험한 입구를 열었다.

"읏……."

무심코 숨을 삼키자 애쉬가 위로하듯 머리를 쓰다듬었다. 머리카락에는 감각이 없을 텐데 애쉬의 손길이 닿자 기분이 좋아지는 게 신기하다.

"괜찮아?"

"……괜찮아요."

"나는 괜찮지 않아. 죽을 만큼 두근거려."

"애쉬……."

다시 키스가 내려앉았다.

몇 번이고 닿았다 멀어지는 감촉에 마음을 뺏긴 사이에 애쉬가 단숨에 끝까지 파고들었다.

레베카가 생각한 것보다 훨씬 애쉬도 긴장하고 있었나 보다.

크게 숨을 토하자 애쉬는 레베카의 이마에 이마를 맞대고 웃었다.

"꿈만 같아. 너와 하나가 되었어."

"꿈이 아니에요……."

"힘들어?"

"……조금……."

"미안. 하지만 난 너무 좋아. 네 안은 무척 포근해."

솔직히 아팠다.

숨을 쉴 때마다 이어진 부위에서 욱신욱신 하고 아픔이 밀려왔다.

하지만 그 아픔조차 사랑스러웠다.

이것은 애쉬가 준 아픔.

레베카가 애쉬에게 바친 아픔.

레베카는 애쉬의 등에 두른 두 팔로 애쉬를 꼭 안았다.

"행복해요……. 애쉬. 나, 너무 행복한 기분이에요……."

애쉬도 다정하게 껴안아 주었다.

"나도, 나도 행복해. 레베카."

욕망에 휘둘리고 싶다면서 역시 애쉬는 다정해서 눈물이 날 것 같다.

아픔 속에서 희미한 열기가 올라온다.

달콤한 통증에 시달리면서도 가슴속은 이상하게도 차분하다.

한없이 평온하고 따뜻한 기분.

시간이 이대로 멈추면 좋을 텐데—

5장

앞바다에 놀라우리만치 거대한 선박이 정박해 있는 것이 보였다.

위쪽은 새하얗고, 아래쪽은 짙은 남색으로 도색된 선체는 군데군데 붉은 선이 그어져 있다.

특별히 무언가를 연상시키는 디자인은 아니지만 소유주가 미국인인 것을 알고 있는 탓인지 레베카는 성조기를 떠올렸다.

선체 뒤쪽에 우뚝 솟은 커다란 굴뚝에는 사자로 보이는 맹수의 그림이 있는데 그것 역시 짙은 남색과 붉은색이 섞여 있다.

이탈리아에서 건조(建造)했다는 이 배는 곧 저녁을 맞이할 니스의 햇살에 뒤지지 않을 만큼 눈부시게 빛나고 있었다.

“저것이 코레오니스 호로군요.”

레베카의 말에 아버지가 크게 고개를 끄덕였다.

“그래. 상상 이상으로 큰 배구나.”

코레오니스 호.

레이놀즈 씨가 소유한 여객선이다.

길이 약 삼백 미터, 폭은 삼십 미터 남짓으로 배수량이 오만 톤을 넘는다.

선내에는 레스토랑 다섯 곳과 라운지 세 곳, 바 여섯 외에 댄스나 쇼 등을 열기 위해 사용되는 클럽이 두 곳, 게다가 카지노, 극장, 의무실과 갑판에는 수영장, 테니스코트까지 갖추어져 있다고 한다.

마치 물 위에 떠 있는 호텔과도 같았다.

그것도 초호화 호텔이다.

이 정도 규모의 배에 승객 정원이 겨우 칠백 명 정도라니 그 호화로움을 능히 짐작하고도 남았다.

코레오니스 호와 같은 규모인 오션 라이너는 최대 이천 명에 가까운 승객을 태울 수 있었다.

모든 객실이 일등실 아니면 스위트룸이라는 것도 이해가 간다.

"굉장해……."

한숨이 절로 나왔다.

연료가 다 떨어진 트락시옹 아방 안에서 레베카가 애쉬에게 말한 대로 세상은 비행기의 시대다. 이동하기 위한 수단으로서의 대형 여객선—소위 오션 라이너라고 불리는 외항 여객선의 역할은 이제 끝을 맞이했다고 볼 수 있다.

사실 레이놀즈 씨가 소유한 여객선도 다른 해운업자의 배와 마찬가지로 대서양 항로에서 점차 자취를 감출 예정이라고 들었다.

물론 화물선의 수요는 앞으로도 줄지 않을 것이다.

다소 시간은 걸린다 하더라도 배는 한 번에 화물을 대량으로 운송할 수 있다는 강점이 있다. 당연히 운송료도 싸다.

여객 운송에서 철수하고 화물 운송 사업으로 전환하는 것이라면 오히려 이해할 수 있다.

그런데 지금 와서 이런 대형 여객선을 새로 만들다니 어쩔 셈이야, 라고 처음에는 생각했지만…….

"이 배로 세계일주를 하면 멋지겠어요."

아버지의 말에 따르면 레이놀즈 씨는 이 코레오니스 호를 이동수단이 아니라 여행을 즐기기 위한 배로 만들고 싶다고 했단다.

예를 들어 비행기라면 반나절 안에 대서양을 횡단할 수

있다.

배는 아무리 서둘러도 나흘. 시간을 따지자면 배가 아무리 애를 써도 비행기의 적수가 못 된다.

그렇다면 차라리 더 시간을 들여서 그 시간을 즐기면 어떨까, 라는 게 레이놀즈 씨의 생각인 것이다.

대서양에는 수많은 섬이 있어서 절경도 많다. 세계 곳곳을 들르면 그만큼 즐거움도 늘어난다.

호화로운 설비, 최상의 서비스, 일상에서 멀리 떨어진 바다 위의 세계를 유유자적 즐기는 여행.

그것이야말로 레이놀즈 씨가 지향하는 새로운 형태의 여행인 것이다.

돈과 여유를 주체 못 하는 부자들이 몰려올 것이다.

아무것도 하지 않고 시간을 낭비한다는 최고의 사치는, 눈 깜짝할 새 목적지에 도착하는 하늘 여행에서는 얻을 수 없는 만족감을 여행자들에게 선사하겠지.

과연. 아버지의 말대로 레이놀즈 씨는 유능한 사람이다.

난관을 발판 삼아 새로운 매력을 만들어낸다. 그런 능력을 지닌 사람이라고 레베카는 생각했다.

레이놀즈 씨를 평가한 '머리가 좋고 행동력이 있으며 의지도 굳건하다' 라는 아버지의 말도 레베카를 마음을 달래기 위한 새빨간 거짓말은 아닌 것이다.

'이 상태라면 부도 의 위험은 없을 것 같아…….'

정말 그렇게 대단한 사람이라면 조금은 레이놀즈 씨를 좋아하게 될 것 같다.

설사 애쉬만큼은 아니더라도.

"곧 승선이다. 준비됐느냐?"

아버지의 말에 레베카는 고개를 끄덕였다.

니스 항을 떠난 작은 배 앞에 코레오니스 호의 거대한 선체가 점점 다가왔다.

니스는 유서 깊은 항구지만, 코레오니스 호처럼 거대한 선박이 접안할 수 있을 정도로 크지는 않다.

그래서 항구에서 코레오니스 호까지는 조그만 텐더 보트로 이동한다.

오늘은 이탈리아의 독(선박을 건조하거나 수리하기 위한 설비)을 나온 코레오니스 호가 처음 니스에 들른 기념적인 날이다.

취항식은 모항인 뉴욕에 도착한 뒤 다시 거행한다고 하는데 레이놀즈 씨는 취항식에 앞서 첫 선을 보일 곳으로 유럽 가운데 이 니스를 선택했다.

원래 레이놀즈 씨가 레베카와 니스에서 만날 일정을 잡은 것도 코레오니스 호에서 열리는 피로연 파티에 맞췄다고 한다.

레베카는 아무것도 몰랐다.

아니, 아무것도 알려고 하지 않았다.

'이제부터는 달라질 거야.'

나는 더 열심히 살아가야 해.

그렇지 않으면 애쉬와 나는 하루살이 사랑이 허무하게 물거품처럼 사라지고 만다.

'애쉬……. 지금쯤 무얼 하고 있을까……?'

어젯밤은 영혼이 묶여서 하나가 될 정도로 서로 뜨겁게 사랑했다.

애쉬의 품에 안긴 그 평온함 때문인지 어느샌가 깊이 잠들어 제법 밤이 깊었을 무렵 눈을 떴다.

레베카는 애쉬의 품에서 몰래 빠져나와 침대 위에서 일어났다.

깨워 버린 것은 아닐까 얼굴을 들여다보았지만 애쉬는 아직 꿈속이었다.

레베카는 안심하고 애쉬의 자는 얼굴을 내려다보았다.

자고 있는 애쉬의 얼굴을 보는 것은 처음이었다.

깨어 있을 때와는 어쩐지 인상이 다르다. 평소보다 조금 어른스럽고 날카로운 느낌…….

그 상냥한 눈동자가 닫혀 있기 때문일 것이다.

그 갈색 눈동자를 한 번 더 보고 싶었다. 따뜻하고 다정한 색채의 눈동자.

하지만 레베카에게는 시간이 없었다. 그럴 자격도 없었다.

심장이 찢길 듯한 아픔을 안고 레베카는 침대를 빠져나와 옷매무새를 가다듬었다.

침실 문을 닫고, 무언가 한마디 메시지를 남기고 싶어서 테이블 위에 있던 종이와 펜을 잡는다.

도저히 'Adieu(안녕)' 라고는 쓸 수 없었다. 그렇다고 'A bientôt(또 만나요)' 라고 쓰면 거짓말이 되고 만다.

그래서 '고마워요. 무척 즐거웠어요' 라고 썼다.

이 쪽지를 읽으면 애쉬도 레베카의 마음을 알아차리겠지.

애쉬는 영리한 사람이다. 짧은 문장 속에 담긴 결별의 의지를 느낄 수 있을 거라 믿는다.

'애쉬…….'

애쉬를 생각하면 지금도 가슴이 아리다.

이 아픔은 평생 사라지지 않을 것이다. 레베카가 살아 있는 한 몇 번이고 되살아나 욱신거리며 레베카를 고통스럽게 할 것이다.

그렇다고 해도 이 아픔을 모르는 게 나았다고는 생각하지 않는다.

애쉬와 보낸 그 아득해질 정도로 달콤한 순간만이 지금의 레베카를 지탱하고 있다.

코레오니스 호에 도착하자 반질반질한 새 제복을 입은 승무원이 미소로 맞아주었다.

승선을 도와준 승무원에게 감사 인사를 하고 코레오니스 호로 옮겨가 레베카는 어깨에 두르고 있던 숄을 벗었다.

짐작했던 대로 아버지가 언짢은 표정을 지었다.

"아무래도 이 드레스, 등이 너무 파이지 않았어?"

레베카가 오늘 파티를 위해 고른 것은 옅은 핑크색 칵테일 드레스다.

하늘하늘한 레이스가 층층이 겹쳐진 스커트는 종아리 중간까지 내려오는 우아한 기장이다. 이와 반대로 어깨는 얇은 레이스로 덮여 있어서, 맨살이 드러나진 않지만 피부가 비치고 등은 허리 바로 위까지 깊게 파였다.

보통 이 위에 긴소매 볼레로를 걸쳐서 어깨와 등을 가리고 낮 연회에 참석할 때 입던 드레스다.

하지만 오늘 밤은 이 드레스가 좋을 것 같았다.

누가 뭐래도 레베카에게는 레이놀즈의 마음을 사로잡아야 한다는 사명이 있다. 그러기 위해서는 이 정도로 대담한 드레스가 매력을 어필할 가능성이 높다.

머리도 풍성하게 올려 묶은 다음 머리카락 끝을 굵은 웨이브로 마무리해서 화려하게 연출했다. 목에는 보석이 장식된 초크가 아니라 실크 리본을 묶고 리본 앞쪽에는 드레스와 같은 색인 핑크 미니 장미를 달았다.

드레스와 마찬가지로 머리에서 발끝까지 아버지의 고풍스러운 유럽식 취향과는 거리가 멀었지만 미국인인 레이놀즈는 이렇게 다소 과감한 복장을 좋아할 것이라 판단해서였다.

"괜찮아요. 레이놀즈 씨는 분명 마음에 들어 하실 거예요."

그렇게 말하자 아버지는 입을 다물고 그 이상 아무 말도 하지 않았다.

어쩐지 기분이 이상했다.

처음 아버지에게 의견을 말했다.

아버지와의 관계는 그 일이 있은 후로도 극적으로 달라지지는 않았다. 변함없이 아버지는 엄격하고 잔소리가 심하고 레베카에게 이것저것 지시하려고 했다.

그러나, 귀찮다고 느끼기는 해도 싫어서 미칠 지경은 아니었다.

아버지는 과잉보호하는 것이다. 레베카가 더 이상 아이가 아니라는 점을 증명하면 조금은 생각을 고치겠지.

……아마도.

카트린느와 도나티앙도 드디어 가족이라고 생각하게 된 기분이 들었다.

지금까지 그들을 멀리한 것은 레베카였다.

집에 돌아가면 카트린느와도 더 많은 이야기를 나눠야겠다.

한껏 멋을 부린 일, 멋진 가게, 그리고 아버지에 관한 것도…….

아버지가 이름을 말하자, 다른 제복을 입은 승무원이 정식으로 취항식을 한 다음에는 메인 식당으로 쓰일 연회장으로 안내했다.

연회장은 도착한 갑판보다 한 층 아래 갑판에 있다는 듯했다.

코레오니스 호의 내부는 밖에서 보고 상상했던 것 이상으로 호화로웠다.

가는 곳마다 생화가 넘쳐났고 층층이 주름진 레이스와 세련된 벨벳으로 장식된 회랑에는 명화가 아낌없이 걸려 있었다.

한숨을 쉬면서 안쪽으로 걸어가자 연회장으로 내려가기 위한 계단에 금실로 가장자리를 수놓은 빨간 융단이 깔려 있었다.

우아한 곡선을 그리는 계단의 난간은 마호가니 나무였다.

바닥은 갈색과 백색 대리석이 체스판처럼 바둑무늬를 이루고 있고, 천장은 샹들리에의 크리스털 장식이 반짝반짝 눈부시게 빛나고 있다.

'궁전 같아…….'

뒤누아에 백작 가문의 저택도 유서 깊고 품격은 높지만 이렇게 호사스럽지는 않다.

이곳은 왕의 거처였다. 그것도 궁정문화가 화려하게 꽃피던 시기의 왕궁.

'어쩜 이렇게 호화로울까…….'

세계가 두 차례의 대전을 치르는 동안 유럽과 다르게 본토가 전쟁의 불길에 휩싸이지 않은 미국이 지금 전례 없는 경제 호황기를 맞이하고 있다는 사실을 감안해도 실로 엄청난 도박이었다.

이 호화로움에서 이왕 할 바엔 철저히 하자는, 타협을 허락하지 않겠다는 레이놀즈 씨의 굳건한 의지를 강하게 느꼈다.

그 순간 레이놀즈 씨가 조금 무서워졌다.

이대로 돌아서 도망치고 싶다.

'안 돼.'

레베카는 불쑥 고개를 내미는 약한 마음을 단호하게 물리쳤다.

난관에 부딪힐 때마다 금세 모든 걸 내팽개치고 싶어지는 것은 자신의 나쁜 버릇.

'뒤누아에 백작 가문의 딸로서 책임을 다해야 해.'

분발하려는 듯 스스로를 타이르고 있는데 아버지가 다소 딱딱한 표정을 지으며 말했다.

"저 사람이 레이놀즈 씨다."

긴장이 고조된다.

저도 모르게 표정이 굳어지는 것을 느낄 수 있었다.

레이놀즈 씨는 등을 돌리고 있다.

얼굴은 보이지 않지만 키가 큰 사람이라는 건 알 수 있었다. 어깨가 넓고 허리는 탄탄하고 자세가 곧다.

입고 있는 옷은 깔끔한 진회색 슈트. 레이놀즈 씨의 큰 키에 딱 맞아 떨어져서 옷맵시를 한층 돋보이게 한다.

레이놀즈 씨의 말로는 아직 취항 전이기도 하고 오늘 파티는 지인들만 참석하는 소소한 모임이라고 했다는데 연회장은 이미 사람들로 붐볐다.

원의 중심에 있는 것은 물론 레이놀즈 씨다.

마찬가지로 깔끔한 슈트를 입은 남성 몇 명을 상대로 영어로 대화를 나누고 있었다.

"왜 하필 배냐고? 바다가 좋아서 말이지."

사투리가 섞이지 않은 깨끗한 영어였다.

"그래서 주저 않고 해군을 선택했지. 6함대는 멋졌어."

일행 가운데 하나가 '그럼 왜 해군을 그만둔 거야?' 라고 레이놀즈 씨를 놀리고 있다.

"미국 해군 사관학교를 수석으로 졸업했는데 아깝군. 너라면 장군이 될 수 있었는데."

레이놀즈 씨가 작은 웃음소리를 냈다.

"그것도 나쁘진 않지. 하지만 내 배를 갖는 것이 어릴 적부터 꿈이었어."

레이놀즈 씨의 목소리는 밝고 명랑했다.

"코레오니스 호는 처음으로 설계부터 참여한 배라서 말이야. 드디어 오랜 꿈을 이뤘어."

"그야 미드웨이 호의 함장은 될 수 있어도 소유주는 될 수 없겠지."

"무슨 소리야. 항공모함은 국민의 세금으로 만들지. 소유주는 우리 미국 국민이라고."

그 말에 주위 사람들이 한바탕 웃었다.

어차피 모두 미국인인 것 같다.

대부분 젊은 남성들이고 레이놀즈 씨의 친구인지도 모른다.

'하지만 이 목소리, 귀에 익은데…….'

맞다. 애쉬의 목소리와 닮았다.

같은 목소리라도 영어와 프랑스어는 제법 다르게 들리기 때문에 단순한 착각일 수도 있다.

아니면 애쉬를 생각하고 있어서 레이놀즈 씨의 목소리까지 애쉬의 목소리로 들리는 걸까?

"그럼, 인사하러 가자꾸나."

아버지가 말했다.

레이놀즈 씨를 보자, 대화가 끝났는지 혼자서 창밖을 보고 있었다.

레베카는 복잡한 마음으로 고개를 숙인 채 아버지의 뒤

를 따랐다.

레이놀즈 씨에게 다가간 아버지가 영어로 인사했다.

"초대해 주셔서 영광입니다."

아버지의 인사를 들은 레이놀즈 씨가 밝은 목소리로 말했다.

"뒤누아에 백작님! 기다리고 있었습니다. 일부러 니스까지 오시게 해서 죄송합니다. 하지만 제 배를 백작님께도 꼭 보여 드리고 싶었습니다."

"훌륭한 배로군요. 레이놀즈 씨의 새로운 사업은 반드시 성공할 것입니다. 이 배를 보고 확신했습니다."

아버지의 말은 인사치레가 아닐 것이다. 아버지는 그런 것에도 서툰 사람이다.

"감사합니다. 백작님."

아버지와 악수를 나눈 뒤 레이놀즈 씨가 말했다.

"뒤에 계신 분이 따님이시군요?"

철렁.

레베카의 심장박동이 갑자기 쿵쾅거리기 시작했다.

"딸인 레베카입니다."

아버지가 레베카를 소개했다.

"레베카. 자, 레이놀즈 씨에게 인사하렴."

레베카는 아버지의 등 뒤에서 걸어 나와 영어로 인사하려고 했다.

"처음 뵙겠습니다. 레베카 뒤누아예입니다. 오늘 초대해 주셔서 감사합니다."

……그렇게 인사말까지 준비했다.

하지만, 첫마디조차 꺼내지 못한 채 숨을 삼키고 멍해지고 말았다.

레이놀즈 씨는 그런 레베카를 내려다보면서 오른손을 가슴에 대고 상냥한 미소로 말했다.

"안녕하세요. 레베카 양. 저는 애슐리 레이놀즈라고 합니다. 친한 친구들은 모두 『애쉬』라고 부릅니다. 레베카 양도 그렇게 불러주세요."

훌륭한 프랑스어였다.

그 순간 그 목소리는 귀에 익숙한 선율이 되어 레베카의 가슴을 아리게 했다.

'거짓말…….'

이런 말도 안 되는…….

애슐리라서 애쉬?

애쉬가 레이놀즈 씨?

모르겠어.

도무지 믿을 수 없어.

하지만 올려다본 갈색 눈동자는 틀림없이 애쉬의 것이었다.

깔끔한 슈트를 몸에 두르고 머리를 말끔하게 넘겨서 마

치 이름 모를 나라의 귀공자 같지만, 그 눈동자는 상냥하고 따뜻했다.

"전……."

목이 멨다.

손도 발도 입술도 알 수 없는 감정 때문에 부들부들 떨린다.

분명 뺨도 핏기를 잃고 새파래졌을 것이다.

이것이 현실이라면 너무나도 가혹하다.

레베카는 주먹을 꽉 쥐고 파르스름해진 입술을 열었다.

"죄송해요, 아버님……. 전 이분과 결혼할 수 없어요……."

레베카의 갑작스러운 통보에 아버지가 놀랐다.

"레베카, 너, 대체……."

당연하다. 여기에 올 때까지는 레베카가 더 결혼에 적극적이었을 정도다.

그런데 레이놀즈 씨를 앞에 둔 순간 이런 말을 꺼내다니 제멋대로 구는 것도 정도가 있다.

레이놀즈 씨에게도 더할 나위 없는 실례였다.

그렇다고 해도 이대로 레이놀즈 씨와 결혼할 수 없었다.

'왜냐하면, 나는…….'

레베카는 입술을 앙다물고 고개를 숙였다.

애쉬의 얼굴을 볼 수 없다. 애쉬가 어떤 얼굴을 하고 있

을지 두려웠다.

"아버님……. 전 이분만 아니라면 어떤 사람이라도 기꺼이 결혼하겠어요."

"레베카……."

"그렇지만 이분만은 안 돼요……. 절대로 결혼할 수 없어요……."

겨우 이렇게 말했다.

레베카는 발길을 돌려 뛰어나갔다.

"레베카! 기다리거라! 레베카!!"

아버지가 불러 세우는 소리가 들렸다.

하지만 멈출 수 없다. 애쉬의 앞에서 도망치고 싶다. 애쉬의 눈앞에 서기 싫다.

방금 전에 내려온 계단을 뛰어 올라가 회랑 안쪽으로 달려갔다.

객실 구역인 듯한데 아직 취항 전이라서 그런지 인기척은 없었다.

더 안쪽으로 들어가자 배 앞쪽인지 뒤쪽인지 모를 막다른 곳에 도착했다.

레베카는 그곳에 쪼그리고 앉아 턱 끝까지 찬 숨을 골랐다.

이제 어쩌지?

아버지는 분명 이상하다고 여기겠지. 추궁당한다 해도

사실을 말할 순 없지만, 그렇다고 변변한 변명거리도 생각나지 않았다.

그런데도 아버지의 사업이 걱정되었다.

이대로 레베카가 레이놀즈 씨와 결혼하지 않는다면 아버지의 사업은 실패로 끝나게 될까?

만약 도산하게 된다면 자신은 어찌됐든 동생인 도나티앙이 가엾다.

하아하아 하고 숨을 몰아쉬면서 뒤죽박죽으로 엉킨 머릿속으로 그런 것을 생각하고 있는데, 갑자기 어딘가에서 발소리가 들렸다.

설마 아버지가 쫓아온 걸까?

'얼른 도망가야 해…….'

하지만 어디로?

전속력으로 여기까지 달려와서 숨이 가쁜 데다 하이힐을 신은 탓에 발도 아프다.

그래도 어떻게든 버둥거리며 일어나려고 하는 사이에 발소리가 바로 근처까지 가까워졌다.

"레베카!"

애쉬였다.

따라온 것은 아버지가 아니라 애쉬였다.

레베카는 젖 먹던 힘까지 짜내 일어섰지만, 몇 발 걷기도 전에 뒤에서 팔을 붙잡혔다.

있는 힘을 다해 뿌리치려고 해도 애쉬의 손이 레베카의 팔을 단단히 붙들고 있었다.

그 손에서 '절대로 놔주지 않을 거야' 라는 애쉬의 의지가 전달되는 것 같았다.

더 발버둥치는 레베카에게 애쉬는 말했다.

"기다려, 레베카. 내 이야기 좀 들어봐."

"나는 할 말이 없어요!"

"너는 없어도 나는 있다고!"

애쉬의 목소리에는 다급함이 배어 있었다.

언제나 쾌활한 애쉬가 언성을 높이는 일은 좀처럼 없었다. 그라스로 가는 산길에서 말다툼을 할 때도 이 정도로 거칠지는 않았다.

저도 모르게 움츠러든 레베카에게 애쉬가 최대한 감정을 억누르고 있다는 듯 딱딱한 목소리로 말했다.

"말해줘. 왜 나와 결혼하지 않겠다는 거지?"

"……."

"내가 속였기 때문이야?"

그 말에 깜짝 놀라 레베카는 고개를 돌렸다.

마음이 얼어붙어 갔다. 호흡도 멈춘다.

"날…… 속인 건가요?"

"레베카……."

"……사랑한다는 말도 다 거짓말이었나요?"

코끝이 시큰해지는가 싶더니 눈물이 왈칵 쏟아졌다. 레베카의 눈가에 눈물이 고인다. 방울방울 떨어져 창백한 뺨을 적신다.

"아니야!"

울음소리도 내지 못하고 그저 눈물만 뚝뚝 흘리는 레베카를 애쉬가 힘껏 끌어안았다.

"아니야. 사랑한다는 말은 거짓말이 아니야. 레베카. 진심으로 사랑해. 그 말에는 한 점 거짓도 없어."

귓가에 닿는 속삭임의 열기도, 레베카를 아플 정도로 껴안은 팔의 힘도 그 말이 진실임을 알리고 있다.

"그럼… 속였다는 건 무슨 뜻이에요……?"

되돌아온 말은 차분했지만 조금 씁쓸했다.

"처음부터 네가 뒤누아에 백작의 딸이라는 걸 알고 있었어. 알면서도 애써 그걸 숨기고 네게 접근했지."

"……단지 그것뿐이에요?"

"화나지 않아?"

"그런 건 '사랑해'라는 말이 전부 거짓이라는 데 비하면 훨씬 나아요……."

울면서 대답하자 애쉬의 입술에서 안도의 한숨이 흘러나왔다.

"레베카… 사랑해……. 사랑해……. 네가 너무 좋아……."

"애쉬……."

"너도 같은 마음일 거라고 믿었어. 그런데 왜 나와 결혼하지 않겠다는 거지?"

"그 이유는 당신이 제일 잘 알 텐데요."

왜 몰라? 라고 레베카는 젖은 눈으로 애쉬를 바라보았다.

애쉬는 시선을 떨구고 고개를 저었다.

"모르겠어. 정말 모르겠어. 내가 네 기분을 상하게 한 걸까."

"……당신 탓이 아니에요."

"그러면 어째서?"

"왜냐하면…… 왜냐하면, 난……."

가능하면 입에 담고 싶지 않았다. 누구든 자신의 잘못은 외면하고 싶은 법이다.

"왜냐하면…… 난, 결혼 전인데도 그런 부정한 행동을 한 여자예요."

"부정, 이라……. 어제의……?"

레베카는 살짝 고개를 끄덕였다.

"어제의 일은 비밀로 간직한 채 레이놀즈 씨와 결혼할 생각이었어요. 그런 파렴치한 생각을 했다고요. 그걸 당신에게 들켜 버린 걸요. 부끄러워서 결혼할 수 없어요……."

그렇게 말하자 애쉬가 어깨를 풀썩 늘어뜨렸다.

"뭐야. 그런 이유였어……?"

"나에게는 중요해요."

"네게 미움 받는 거에 비하면 하나도 중요하지 않아."

방금 레베카가 한 말이 똑같은 말투로 되돌아와서 레베카는 살짝 웃었다.

그래. 애쉬는 이런 사람.

고가의 명품 슈트를 몸에 두르고 귀공자인 척해도 이런 면은 조금도 변하지 않았다.

레베카의 기분이 약간이지만 풀렸다는 걸 알아차린 걸까?

애쉬는 레베카를 껴안은 팔을 풀어 눈가의 번진 눈물을 손끝으로 닦아주면서 속삭이듯 물었다.

"레베카. 날 사랑해?"

이런 식으로 물으면 거짓말을 할 수 없다.

"……사랑해요."

"평생 함께 있고 싶을 만큼?"

"네에……."

애쉬는 레베카의 몸에서 살짝 물러나 아무 말도 하지 않고 레베카의 손을 잡고 걷기 시작했다.

애쉬가 향한 곳은 연회장과 다른 방향이었다.

"어디로 가는 거예요?"

레베카가 묻자 애쉬가 말했다.

"좋은 곳."

"좋은 곳?"

"가보면 알아."

"하지만 아버지가……."

레이놀즈 씨와 '결혼하지 않겠어요' 라고 선언한 뒤 아버지를 남겨두고 도망쳐 버렸다. 지금쯤 아버지는 필시 마음을 졸이고 있을 것이다.

하지만 애쉬는 단호하게 말했다.

"뒤누아에 백작님에게는 내게 맡겨달라고 말했으니 괜찮아."

"진짜요……?"

"응, 정말로. 게다가 아버지와 이야기하기 전에 먼저 우리가 이야기를 나눠야겠어."

하기는. 그야 그럴지도 모르지만…….

엘리베이터를 이용해 갑판 세 개만큼 위층으로 올라갔다.

엘리베이터에서 내리자 애쉬는 가슴에 손을 얹고 고개를 정중히 숙였다.

"프리미엄 덱에 오신 걸 환영합니다."

"프리미엄 덱?"

"여기는 스위트 플로어야."

그 말을 듣고 보니 아래층보다 내장재가 더욱 화려했다.

복도에 깔린 융단은 푹신푹신하고, 객실문도 한층 중후하게 빛나는 금색이었다.

"이 배에 네 개 있는 로얄 스위트 가운데 하나야."

"우와… 멋져요……."

레베카는 눈을 깜빡이며 실내를 조심스레 둘러보았다.

레베카가 머물고 있는 곳도 니스에서는 최고급 호텔이지만, 그것과는 비교할 수 없을 만큼 호화로운 방이었다.

침실이 세 개. 욕실이 두 개. 아르데코풍으로 통일된 실내장식은 고풍스러우면서도 진부하지 않았다.

"이쪽은 발코니야."

애쉬가 문을 연다. 시원한 바닷바람이 들어와 방 안을 가득 메운다.

바다다. 니스 바다의 냄새.

이끌리듯 발코니로 나갔다.

갑자기 시야가 바다로 꽉 찼다. 마치 레베카까지도 바다의 일부가 된 것처럼 주위를 둘러싼 바다.

평온한 바다는 일몰을 맞이해 노을로 선명하게 물들었다. 작은 물결 하나하나가 석양을 품은 듯 주홍빛으로 빛났다.

말이 나오지 않을 정도로 아름다운 풍경이었다.

"어때? 아름답지 않아?"

애쉬의 말에 레베카는 작게 고개를 끄덕였다.

"이 방이 배 안에서 노을이 가장 아름답게 보이는 곳이야."

그렇다면 애쉬는 이 해질 무렵 풍경을 보여주고 싶어서 레베카를 일부러 이 방에 데려왔다는 건가.

그 마음이 기뻤다. 애쉬의 애정을 느끼자 굳었던 마음이 조금씩 녹아갔다.

"정말 멋진 배예요."

다시금 감탄의 한숨을 내쉬자 애쉬의 눈동자에 장난기가 어렸다.

"미국인도 제법이지? 조금은 다시 보여?"

"미안해요. 아무것도 모르는 주제에 '천박하고 야만스럽고 무례하다' 고 우겨서."

"지금은 달라졌어?"

"네. 달라졌어요. 이제 그만 괴롭혀요."

눈물이 그렁그렁한 눈으로 올려다보자 애쉬가 '항복' 이라고 말하려는 듯 두 손을 들었다.

"미안, 미안. 하지만 울 것 같은 얼굴도 귀여워."

"애쉬!"

"칭찬해 줘서 고마워. 내가 자랑하는 배야."

그도 그럴 것이다. 이런 배를 가지고 있으면 누구든 자랑하고 싶어진다.

"뭐가 자랑스럽냐면 증기터빈을 여덟 기나 얹었다는 점,

그리고 레이더를 탑재했고 퍼넬이 하나뿐인 디자인도 굉장히 마음에 들어."

"퍼넬?"

"굴뚝이야."

"아, 사자처럼 보이는 그림이 그려져 있었죠."

"코레오니스는 라틴어로 '사자의 심장'을 뜻해. 사자자리에서 가장 밝은 별인 레굴루스를 말하지. 레굴루스는 아랍어로 '왕의 별'이라고도 해."

그렇게 설명하는 애쉬는 무척 즐거워 보였다.

이것이 애쉬의 진짜 모습일지도 모른다.

"그런 멋진 배의 주인이 왜 그렇게 허름한 아파르트망에 살면서 항구에서 짐꾼으로 일해요?"

그것은 소박한 의문이었다.

일단 애쉬는 미국인이다. 그런데 니스에 대해서 속속들이 잘 알고 있었다.

"아……. 그걸 설명하려면 먼저 네가 니스에 오기 전의 일부터 이야기해야 하는데……."

갑자기 애쉬가 말끝을 흐렸다.

"한마디로, 뒤누아에 백작님에게 연락을 받았어. 직접 데리고 올 생각이었는데 급한 용무 때문에 너를 혼자 니스에 보내게 돼서 걱정된다고 말이야."

그 내용은 한 치의 어긋남도 없다.

그래서 레베카는 뒤퐁 부인과 둘이서 먼저 니스에 도착했다.

"그래서 뒤누아에 백작님을 안심시키기 위해 네게 경호를 붙였어."

"경호? 나 혹시 감시당하고 있었던 거예요?"

"응, 맞아. 네가 호텔을 빠져나온 것도 뒤퐁 부인보다 먼저 알고 있었어."

조금 놀랐다.

설마 아버지가 레이놀즈 씨에게 그런 부탁을 했을 줄이야…….

"경호원에게 네가 호텔을 빠져나갔다는 소식을 듣고 너를 직접 보기로 결심했어. 이름을 숨긴 이유는 그 편이 네 진짜 모습을 알 수 있을 것 같아서야."

아버지에게는 할 수 없는 이야기야, 라고 레베카는 생각했다.

만약 이 이야기가 아버지의 귀에 들어간다면 노발대발하시겠지.

"건방진 소리 같지만, 난 네가 터무니없이 콧대만 높은 아가씨라면 이 이야기는 없었던 걸로 하자고 뒤누아에 백작님에게 딱 잘라 말할 생각이었어. 그런데 알면 알수록 너는 정말 평범한 여자라서……."

"……평범해서 실망했나요?"

"그 반대야. 나도 평범한 남자니까. 자존심이 너무 세거나 사치스럽거나 타인을 전혀 배려하지 않는 여성과 함께 살 수는 없어. 결혼은 서로의 가치관이 통하는 것이 절대조건이라고 생각해."

애쉬가 평범한 남자인지 아닌지는 제쳐두더라도 평범한 점이 좋다고 해준 것이 솔직히 기뻤다.

애쉬는 자신을 있는 그대로 사랑해 준 것이다. 울고 웃고 여리고 금세 약해지는, 조금도 특별한 구석이 없는 여자인 자신을.

"날치기를 만난 건 우연이었어. 구시가지는 확실히 그런 범죄가 자주 일어나지만, 설마 네가 피해를 입으리라고는 생각지도 못했어. 간이 서늘했다니까."

레베카도 마찬가지로 그때를 떠올리면 지금도 오싹하다.

도둑에게 습격당할 때는 정말 무서웠다. 그때 애쉬가 없었더라면 어떻게 됐을지 모른다.

'하지만 그것도 아버지가 잔걱정이 많은 덕인가?'

만약 애쉬가 레베카의 아버지를 배려해 경호를 붙이지 않았다면 레베카는 엄마의 유품을 전부 잃어버렸을 테니 그 점을 고려하면 '감시하다니 너무해요' 라고는 말할 수는 없었다.

지금 생각해 보면 갑자기 가이드를 자청한 것도 결국은

24시간 레베카를 감시하기 위한 수단이었던 것이다.

'레이놀즈 씨는 이런 호화 여객선을 새로 만들 정도로 부자잖아.'

하루에 고작 천 프랑인 가이드료가 목적이었으리라고는 도저히 생각할 수 없다.

"그러면 그 아파르트망은요?"

레베카는 질문을 더했다.

"그곳은 누구 집이예요?"

'내 집이야' 라고 애쉬가 말했다.

"정확히 말하자면 건물 자체가 내 소유지만."

"참 나……."

"내 어머니가 프랑스 태생인 건 알아?"

"아니요. 처음 들었어요."

"외할머님은 지금도 시미에(Cimiez) 지구에 살고 계셔. 아파르트망은 돌아가신 외할아버님에게 물려받은 거야."

시미에 지구는 니스 교외의 고지대에 위치한 고급 주택 단지다.

"오늘은 외할머님도 초대했어. 나중에 소개해 줄게."

그 말을 듣고 레베카의 가슴이 아까와는 다른 방향으로 쿵쾅거리기 시작했다.

"어쩐지 긴장되네요."

"걱정할 필요 없어. 외할머님은 너그러운 분이시니까.

평소처럼 행동하면 돼."

그렇다면 애쉬의 성격은 외할머님께 물려받은 건가?

어떤 분일까? 애쉬와 닮았을까?

레베카가 제멋대로 상상에 빠지자 애쉬가 다시 말했다.

"옛날부터 니스가 너무 좋아서 외갓집에 자주 놀러 왔어. 학생이었을 때도, 장기 휴가를 받았을 때에도, 그 아파르트망에 살면서 항구에서 짐꾼 아르바이트를 했었지. 지금도 항구에 가면 아는 사람들이 제법 많아."

"그래서 니스를 잘 알고 있었군요."

미국인임에도 프랑스어를 현지인처럼 구사했던 것이 이해가 갔다.

"사실은 더 빨리 내 이름을 밝힐 생각이었어. 하지만 좀처럼 말을 꺼내기가 힘들어서……."

애쉬가 자조하듯 시선을 떨구었다.

"넌 솔직하고 귀엽고 보기 조마조마할 정도로 순진한가 싶다가도 때때로 묘하게 예리한 말을 해서 나를 두근거리게 만들어. 너랑 있으면 즐거웠어. 계속 같이 있고 싶다는 생각이 들게 되었지. 하지만 그렇게 되자 사실을 더 털어놓기가 힘들었어. 너를 속였다고 고백하면 내가 싫어졌다고 할까 봐 두려웠어."

"애쉬……."

"오늘 애슐리 레이놀즈로서 너를 만나는 것도 엄청 긴장됐어. 내 정체를 알면 나를 용서하지 않을 거라는 생각에 불안했어."

진심일까?

전혀 그렇게 보이지 않았다. 애쉬는 무척 당당했는데…….

"지금은 다른 이유로 두근거려."

애쉬의 손이 레베카의 두 손을 살며시 잡았다.

그 위에 놓인 것은 아주 옅은 녹색을 띤 작은 유리병. 둥근 마개와 병에 그려진 제비꽃 그림이 너무나 사랑스럽다.

"이거…… 혹시, 향수……?"

"맘에 들어?"

마개를 뽑자 바로 그윽한 향기가 퍼진다.

제비꽃 향기다.

"『레베카』라고 이름 붙였어."

"나……? 나를 위해 일부러 만들었어요?"

"네 아버지는 어머니와의 기념일마다 『아이리스』를 선물했지? 그래서 나도 좀 따라해 봤어."

"애쉬……."

"『아이리스』도 좋지만, 너만의 향기가 있으면 좋을 것 같아서. 내 생각엔 네 이미지와 잘 어울리는데."

피어오르는 것은 아버지가 엄마에게 선물한 『아이리스』와 비슷하지만, 더 달콤하고 화려하고 사랑스러운 향기.

애쉬의 눈에는 이런 모습으로 보였다고 생각하니 조금 쑥스러웠다.

"고마워요. 무척 기뻐요."

진심으로 감사 인사를 하자 애쉬는 그대로 레베카 앞에 무릎을 꿇었다. 그리고는 다시 레베카의 손을 잡아 그 손등에 입을 맞추었다.

갈색 눈동자는 진지함이 어려 있었다.

뜨거운 시선을 받으니 숨이 멎을 것 같았다.

"레베카 뒤누아에 양. 저는 당신을 진심으로 사랑합니다."

"애쉬……."

"앞으로의 인생도 계속 당신과 함께하고 싶습니다. 부디 저와 결혼해 주세요."

잠시 멈췄던 눈물이 다시 왈칵 쏟아졌다.

레베카는 울면서 대답했다.

"전 당신의 재산이 목적이에요."

그러나 애쉬는 풀이 죽기는커녕 생긋 웃으며 이렇게 되받아쳤다.

"나 역시 당신 아버지의 이름이 목적이야. 뒤누아에 백작의 딸을 아내로 맞이하는 것만으로도 유럽에서 내 신용도가 적어도 세 배는 높아질 테니까."

"하지만 아직 만난 시간이 짧아요."

"사랑에 시간은 필요 없어."

"당신에 관해서 아직 잘 모르기도 하고요."

"어젯밤 우리는 서로 모든 걸 보여줬잖아. 그 이상 알아야 할 것이 있나?"

잇달아 핑계가 통하지 않으니 레베카는 입을 다물 수밖에 없었다.

"이제 문제가 남았다고 치면 네가 정숙하지 않다는 점인데……."

애쉬가 미간을 찡그리며 그럴싸하게 시치미를 뗐다.

"으음……. 그렇지……. 내 앞에서만이라면 정숙하지 못한 것은 오히려 대환영이기도 하고."

그 말투가 우스워서 레베카는 저도 모르게 웃고 말았다.

"뭐예요? 기가 막혀서. 애쉬는 정말 바보예요."

"대답은? 네, 아니요?"

"음……."

"네, 이외에는 안 들을 거야."

갈색 눈동자는 친근하게 미소 짓고 있었다.

이 미소가 좋다.

레베카는 보일 듯 말 듯하게 고개를 끄덕였다.

"네……."

부드럽게 애쉬의 품에 안겨 키스, 키스, 키스.

그 다정함에, 따스함에 가슴이 달콤하게 녹아내린다.

끝났다고 생각한 사랑이었다.

어젯밤, 심장이 찢기는 듯한 아픔과 맞바꾸고 깨끗하게 포기할 생각이었는데 이런 식으로 다시 돌아와 주다니…….

"네가 내 아내가 된다는 사실에 가슴이 터질 것 같아."

달콤한 눈빛을 보는 레베카의 가슴도 터질 것 같다.

"몰랐어요. 행복한 때에도 가슴이 두근거리는군요."

그렇게 다시 키스. 감미로운 키스.

오랜 키스 후에 입술이 멀어지자 애쉬는 레베카를 번쩍 안아 들고 내실로 들어갔다.

레이스 캐노피가 달리고 성인 세 명은 거뜬히 잘 수 있을 것 같은 침대 위에 내려진 레베카는 조금 당황했다.

설마 지금? 여기에서?

하지만 애쉬의 손은 이미 레베카의 등에서 드레스 속으로 들어왔다.

"안 돼요……. 그만……."

당황해서 애쉬의 가슴을 밀어내려 하자 애쉬가 귓가에 속삭인다.

"왜? 뭐가 안 되는 거지?"

"당신은 파티의 주인공이잖아요. 손님들은 어떻게 하고요?"

이런 곳에서 이런 걸 할 때는 아니잖아요, 라고 넌지시

타이르자 애쉬는 키득키득 소리 죽여 웃었다.

"다들 각자 알아서 즐기고 있다고."

"아버지가… 기다리세요……."

"네 아버지는 나를 믿고 있을 테니 괜찮아."

"……하지만, 머리가 헝클어지면 곤란해요……. 아버지에게 정숙하지 않은 걸 들킬지도 몰라요……."

흐트러진 드레스는 정리하면 된다. 하지만 머리는 다시 매만지기 어렵다. 헝클어진 머리 모양을 보고 '대체 뭘 하고 있었던 거냐?' 라고 추궁당하면 어떻게 빠져나가야 좋을지 모르겠다.

역시 애쉬의 손이 딱 멈췄다.

"아……. 그건 확실히 곤란할 수도……."

"그렇죠?"

그러니까 오늘은 신사답게 참아줘요.

그 말을 하기도 전에 빨리 억센 팔이 레베카를 들어 올려 무릎 위에 앉혔다.

"그렇다면 오늘은 이쪽으로."

"네?!"

"이제 와서 멈출 순 없어. 너를 원해."

달콤하고도 달콤한 속삭임에 깊은 곳이 찌릿하고 들썩이기 시작했다.

'내 몸이 어떻게 된 거지?'

레베카는 떨었다.

겨우 하룻밤에 몸이 애쉬에게 길들여져 버렸다는 듯, 달콤한 속삭임 한 번에 음란한 흥분이 등줄기를 꿰뚫었다.

참지 못하고 몸을 한껏 젖히자 허벅지에 뜨거운 덩어리가 닿았다.

처음에는 그것이 무언지 몰랐지만, 바로 알아채고 레베카는 볼을 빨갛게 물들였다.

애쉬의 열기다.

그곳은 레베카를 원해서 뜨거워졌다.

"알겠어?"

귓가에 들리는 질문에 레베카는 작게 부들부들 고개를 끄덕였다.

"만져봐."

솔직히 무섭다. 어젯밤은 볼 수도 만질 수도 없었다.

한편으로는 만져보고 싶다는 마음도 있다. 사랑하니까, 애쉬의 모든 것을 알고 싶다.

레베카는 조심스레 손끝으로 만져본다. 그곳은 옷 위로도 느껴질 만큼 뜨겁게 끓어올랐다.

"뜨거워……."

무심코 혼잣말을 하자 애쉬가 레베카의 귀를 삼키면서 부추기듯 질문을 던졌다.

"직접 만질 수 있겠어?"

평소 같으면 절대로 할 수 없는 행동이다. 하지만 지금은 머릿속이 열에 달떠 새하얘졌다. 정신을 차려보니 이미 작게 고개를 끄덕이고 있었다.

떨리는 손끝으로 벨트를 풀고 지퍼를 열었다.

모습을 드러낸 것은 생각했던 것 이상으로 크고 딱딱했다. 무엇보다 먼저, 놀란 소리가 나온다.

"……이런 것이 내 안에 들어온 거예요?"

그 말투가 이상했던 것일까. 애쉬가 작게 웃었다.

"들어갔었어. 네 안은 최고로 기분 좋았어."

"믿을 수 없어요."

"그럼 오늘은 제대로 확인해 보지그래?"

애쉬의 손가락이 치마를 벌리고 들어왔다.

허벅지까지 오는 스타킹과 그것을 고정하는 가터벨트는 그대로 두고 속옷만 벗겨 버렸다.

어젯밤처럼 전부 벗겨져 알몸이 되는 것보다 부끄러운 일은 없을 것이라 생각했는데 어리석은 오해였다.

필요한 부분만 노출된 쪽이 훨씬 부끄러워서 견딜 수 없다. 이 방법이 더 한층 나쁜 짓을 하고 있다는 기분이 들게 만들었다.

참지 못하고 몸을 비틀자 애쉬의 손끝이 은밀한 숲을 헤치고 안으로 들어왔다.

"아…… 싫어요……."

"젖었군."

얕은 곳에서 손끝이 원을 그리듯 움직일 때마다 질퍽하고 음란한 소리가 났다. 그때마다 몸의 중심에서 뜨거운 것이 흘러나왔다.

"싫어요…… 싫어……."

"왜?"

"그게…… 부끄러워요……."

왜 내 몸은 이렇게도 음란하고 정숙하지 못한 걸까. 엄격한 아버지 밑에서 엄하게 교육받은 레베카에게 이것은 매우 부끄러운 일이었다.

하지만 애쉬는…….

"내가 말했지? 내 앞에서만이라면 정숙하지 못한 것은 대환영이라고."

"애쉬……."

"정숙하지 못한 네가 좋아."

"읏……."

미끌거리는 감촉을 동반하며 애쉬의 손가락이 깊숙이 들어왔다. 무의식중에 자신의 그곳이 애쉬의 손가락을 세게 조이고 있다는 것이 느껴졌다.

"아윽…… 응…… 아읏……."

달콤한 숨결이 입술에서 흘러나왔다. 몸 안에 열기가 차오르고 호흡마저도 가빠졌다.

"하지 마…… 하지 마요……. 기분이 이상해요……."

참지 못하고 레베카는 애쉬의 품에서 튕겨 올랐다.

"숨이 멎어서 죽을 거예요……."

웃으면서 애쉬는 레베카의 안에서 손가락을 빼고 레베카의 허리를 다시 안았다.

방금까지 애쉬에게 마음껏 농락당하던 곳이 고스란히 드러났다.

"안 돼애……!"

레베카는 서둘러 치마를 내리려고 했지만, 애쉬가 그것을 허락하지 않았다.

"오늘은 제대로 확인해 본다고 약속했지?"

"하지만……."

"잘 봐. 네 안에 들어간다."

"아……."

"대단해. 달라붙는 것처럼 조여오는걸."

"아아……."

서로 밀착해 있지 않고 조금 떨어져 있는 탓에 자신의 다리 사이로 애쉬가 천천히 들어오는 것이 생생하게 느껴졌다.

좁은 부분을 밀고 들어오는 통증은 있다. 하지만 어젯밤처럼 찢어질 듯한 고통은 없었다.

이어진 부분에서 일렁이는 것은 오히려 달콤한 전

율…….

"아윽……. 그만……. 안 돼요……."

이미 드레스 자락을 잡을 여유도 사라졌다. 떨리는 손끝으로 애쉬에게 매달리자 애쉬가 세게 끌어안았다.

그 뒤로는 이성이 사라졌다.

흔들고 밀어 붙이는 애쉬의 몸짓에 자신을 내맡기고 달콤한 비명을 지를 뿐.

더욱 세게 끌어안더니 애쉬는 레베카의 어깨에 얼굴을 묻고 크게 한숨을 쉬었다.

깊은 곳에서 애쉬가 폭발하는 걸 느끼고 레베카는 더할 나위 없는 희열에 빠졌다.

사랑하는 사람을 만족시킬 수 있다니 이 얼마나 행복한 일인가.

이 희열은 그 무엇으로도 대체할 수 없다. 그것을 위해서라면 '부정한 여자' 라고 비난 받아도 상관없다.

레베카는 조금 빠른 애쉬의 심장박동을 들으면서 희미하게 아주 희미하게 속삭였다.

"사랑해요. 애쉬……."

"나도……. 나도 사랑해……."

"처음 만났을 때부터였어요……. 나쁜 사람에게서 나를 구해준 당신이 무척 멋있었죠……."

커다란 손이 볼을 감싼다.

부드럽고도 따뜻한 키스가 내려온다.

다가왔다 멀어지고 다시 한 번 다가오고.

애쉬는 섭섭한 듯 속삭였다.

“가능하면 이대로 계속 하나이고 싶어.”

몸 안에서 애쉬가 다시 꿈틀 하고 움직이는 걸 느끼고 레베카는 인상을 찡그리며 달콤한 숨을 내쉬었다.

물론 레베카도 같은 마음이었다.

“이제 그만 돌아가야 해요. 기다리다 지친 아버지가 역정을 내며 쫓아올 것 같아서 무서워요.”

“그렇군.”

애쉬가 레베카를 안은 채 어깨를 툭 떨구었다.

“앞으로 우리가 만날 때마다 빠짐없이 당신 아버지가 따라올 것 같아.”

“아무리 그래도 그렇게까지는…….”

“글쎄? 당신 아버지는 당신을 끔찍이 사랑하니까.”

애쉬의 목소리에는 한숨이 섞여 있었다.

“당신 이야기를 할 때면 당신이 사랑스러워서 어쩔 줄 모르는 모습이었어. 보랏빛 눈동자와 그 아름다움을 굉장히 자랑스러워하셨지. 그래서 당신 이야기를 들었을 때 내가 본 모습과 전혀 달라서 조금 놀랐어.”

“그렇군요…….”

“결혼 이야기가 나왔을 때도 입으로는 흔쾌히 허락하는

척했지만, 눈이 웃고 있질 않았지."

"……."

"보면 알 수 있어. 보내고 싶지 않다고, 마음속으로는 딸을 빼앗아가는 남자를 목 졸라 죽이고 싶어 한다고. 지금도 눈앞에 생생해."

지금까지는 느끼지 못했지만 아버지는 아무래도 상당히 과잉보호하고 있었던 모양이다. 과잉보호가 지나쳐서 '나를 사랑하지 않는구나' 라고 오해할 정도로.

"문제는 그것뿐만이 아니야."

애쉬는 말했다.

"문제라니요. 무슨?"

"실은…… 당신이 가출한 동안 나와 줄곧 같이 있었다고 말하지 않았어."

"네엣?! 정말요?"

아버지의 부탁으로 경호를 붙였다고 했으니 당연히 같이 있었다는 것도 아버지에게 말했다고 생각했는데…….

"아마 당신 아버지는 내가 고용한 경호원이 조용히 지켜봤을 거라고 생각할 거야. 당신과 내가 이렇게 됐다고는 전혀 생각하지 않을걸."

"왜죠? 왜 말하지 않았어요?"

"떳떳하지 못했거든. 당신 아버지가 알게 되면 곤란한 일도 이것저것 생길 테고. '댁의 따님에게 흑심을 품고 있습니다' 라고 말할 순 없잖아."

"……."

"이미 당신에게 손댔다는 게 들통 나면 난 아마 죽을지도 몰라."

그 역시 위험한 이야기인데…….

"그러고 보니 아버지 서재의 비밀 책장 속에 윈체스터 총이 있어요."

레베카가 불현듯 떠오른 사실을 말해주자 애쉬는 머리를 싸쥐었다.

"그만해. 윈체스터 총에 쫓기는 꿈을 꿀 것 같아."

과장된 허풍이라고 생각하지만 마냥 웃을 수만은 없을지도.

"아. 큰일 났다. 그렇게 되기 전에 빨리 결혼하고 싶어. 내일이라고 할 것 없이 오늘 당장에라도."

"그것도 좋은 생각이에요."

웃으며 고개를 끄덕이자 애쉬가 레베카의 볼에 가볍게 입 맞추었다.

"허니문은 배로 세계일주를 하면 어떨까?"

"멋져요."

"그렇다면 이제 당신 아버지에게 결혼 허락을 받으러 돌아가 볼까?"

레베카는 조금 걱정스러운 표정을 지었다.

"하지만 아버님에게 어떻게 설명해야 좋을까요? '이분과는 절대 결혼할 수 없어요' 라고 말했는걸요. 그 이유를 물으시면……."

하지만 돌아온 것은 가벼운 말투였다.

"여차하면 결혼이 무서워졌다고 둘러대지?"

"그럼 당신과 결혼할 마음이 왜 다시 생겼는지 물으시면요?"

"그건 내 매력에 첫눈에 반해 버렸다든지……."

"장난치지 말아요……!"

레베카는 애쉬를 흘겨보았다.

"아버지는 그렇게 호락호락한 분이 아니에요."

애쉬의 갈색 눈동자에 웃음이 떠올랐다.

"알고 있어. 이렇게 된 이상 윈체스터 총에 쫓기는 걸 각오하고 사실을 말해야지."

"애쉬……."

"죽을 것 같으면 말려줄 거지?"

"네. 당연하죠. 아버지를 범죄자로 만들고 싶지 않아요."

"뭐—? 그런 이유로?"

그렇게 두 사람은 이마를 맞대고 웃었다.

웃음이 그치자 갑자기 애쉬는 아주 진지한 표정으로 가슴에 손을 얹었다.

"아— 어쩐지 긴장되는걸."

'나도요' 라고 레베카가 말했다.

"하지만 괜찮아요. 함께라면."

"그래."

"그럼 각오하고 갈까?"

"네."

"하지만 그 전에."

애쉬의 억센 팔이 레베카를 꼭 안았다.

갈색 눈동자에는 녹아내릴 정도로 달콤한 눈빛이 어렸다.

"한 번 더 키스해 주겠어? 네 아버지에게 맞설 용기가 나도록."

레베카는 웃으며 애쉬의 목에 두 팔을 두르고 열정적인 키스를 했다.

『코트다쥐르는 달콤한 사랑의 향기』 끝

작가 후기

첫머리에 사과의 말씀을 두 가지 정도 올립니다.

먼저 '아이리스(Iris)' 에 관한 것인데, 사실 아이리스는 영어식 발음으로, 프랑스어로 읽으면 '이리스' 입니다.

이야기 속 세계가 프랑스어로 진행되기 때문에 본래대로라면 이리스라고 표기해야 하지만, '이리스 꽃' 보다도 '아이리스 꽃' 이 잘 전달될 것 같아서 굳이 그 부분은 '아이리스' 를 고집했습니다.

레베카의 어머니 이름도 같은 이유로 '아이리스' 입니다.

다음으로 향수에 관한 것입니다.

지금도 그라스에는 조향(調香) 체험을 할 수 있는 공장이 몇 군데 있다고 합니다.

자기만의 오리지널 향수를 직접 만드는 멋진 경험이지요. 원하는 향을 만들기가 좀처럼 쉽지 않겠지만, 그 나름의 재미가 있을 것입니다.

다만 오리지널 향수는 만들어서 바로 쓸 수 있는 게 아니라 얼마 동안 숙성시켜서 향기가 안정된 다음에 사용하는 것이 올바른 사용법이라고 합니다.

이 책에서는 이야기 사정상 곧바로 사용했는데 그 부분은 살짝 눈감아주시면 감사하겠습니다.

죄송합니다. 이상 두 가지 점을 양해 부탁드립니다.

하지만 제비꽃 향수는 꽃으로 만들지 않습니다.

제비꽃은 설탕 절임이나 시럽용이고 향수에 쓰이는 부위는 줄기나 잎이라고 합니다. '바이올렛 리프'라는 이름으로, 아로마테라피에서도 사용하는데 잘은 모르지만 기분을 안정시키는 효과가 있다는 것 같습니다.

향기의 세계는 심오합니다. 지나치게 심오해서 끝이 보이지 않는…….

여하튼 1950년대 초 남부 프랑스에 타임 슬립한 기분으로 즐겨주셨으면 좋겠습니다.

마지막으로 일러스트를 그려주신 요시자키(吉崎)님에게 이 자리를 빌려 감사 인사를 드립니다.

요시자키님이 세 권째 일러스트를 그려주셨는데 번번이 폐만 끼치는 기분입니다. 진심으로 죄송합니다.

히메노 유리(姫野百合)

역자 후기

선남선녀의 까슬까슬 로맨스

푸르다 못해 눈부신 바다, 따사로운 햇볕과 바람을 타고 코끝을 간질이는 허브 향, 중세 유럽의 풍경을 고스란히 간직한 마을들. 누구나 한 번쯤은 여행을 꿈꾸는 그곳.

이런 환상적인 휴양지에서 사랑을 쟁취하고, 자아를 찾고, 아버지와 묵은 오해까지 푼 럭키걸이 있습니다. 바로 우리의 귀여운 여주인공 '레베카' 입니다.

정략결혼이 싫어서 뛰쳐나온 레베카. 하지만 세상은 그리 녹록치 않습니다. 패기만으로 감당하기 어려운 상황에서 백마 탄 왕자님처럼 애쉬가 등장합니다. 레베카는 자신을 도와주는 애쉬에게 호감을 느끼지만, 애쉬는 오히려 세상 물정 모르는 부잣집 아가씨라며 레베카를 놀리기 바쁩니다. 한마디 톡 쏘아주고 싶을 만큼 얄미운데 한편으로는 환한 미소에 금세 마음이 사르르 녹습니다. 나쁜 남자에게

끌리는 건 비단 레베카만은 아니겠지요?(웃음)

이야기는 로드무비처럼 프로방스 곳곳에서 펼쳐집니다. 그 과정에서 레베카는 껍질을 깨고 소녀에서 성숙한 여인으로 거듭나면서 그동안 오해에 가려 보이지 않았던 아버지의 사랑을 깨닫습니다. 그리고 이 모든 것을 가능하게 해준 애쉬를 진심으로 사랑하게 됩니다. 가문을 위해 정략결혼을 하기로 결심하고 마지막으로 제 사랑을 전하는 레베카. 그런데 알고 보니 애쉬가……?

이번 책을 옮기면서 두 주인공을 따라 머릿속으로나마 낭만 넘치는 여행을 했습니다. 모니터 한쪽 옆에는 니스와 프로방스 지도를 출력해 붙여놓고, 다른 한쪽에는 빅뱅 탑의 사진을 놓고 작업했습니다. 때로는 동선을 확인하느라 지도에 형광펜으로 낙서도 하고, 번역이 풀리지 않을 때는 애쉬의 캐릭터 모델로 삼은 탑을 뚫어져라 쳐다보면서 시간을 보내기도 했답니다. 애쉬와 조금 동떨어진 것 같다고요? 어쩔 수 없었습니다. 그때 영화 『동창생』을 보고 꿈속에서도 탑느님을 외치고 있었으니까요. 현실은 모니터 앞에 쭈그리고 앉아 골머리를 싸매고 있지만 상상은 어디까지나 자유라지요. 여러분도 영화를 찍는다면 애쉬 역할에 누가 어울릴지 상상해 보세요. 전 사실 탑과 이민호를 반반씩 섞으면 그보다 좋을… 수…….

흠흠, 옛말에 싸우다 정든다 했던가요? 이렇게 달달한 투닥거림이라면 없던 정도 마구 샘솟을 것 같습니다. 더욱이 그 상대가 호화유람선을 타고 온 왕자님이잖아요.

여주인공이 한없이 부러운

윤슬